晴空飞羽

王国钧 著

南京大学出版社

图书在版编目(CIP)数据

晴空飞羽 / 王国钧著. — 南京 ：南京大学出版社，2018.9

ISBN 978-7-305-20905-5

Ⅰ. ①晴… Ⅱ. ①王… Ⅲ. ①诗集—中国—当代 Ⅳ. ①I227

中国版本图书馆 CIP 数据核字(2018)第 197701 号

出版发行 南京大学出版社
社　　址 南京市汉口路 22 号　　邮　编 210093
出 版 人 金鑫荣

书　　名 晴空飞羽
著　　者 王国钧
责任编辑 陈亚芹　束　悦　　编辑热线 (025)83686308

照　　排 南京南琳图文制作有限公司
印　　刷 南京鸿图印务有限公司
开　　本 787×960　1/16　彩页 8　印张 23.75　字数 252 千
版　　次 2018 年 9 月第 1 版　2018 年 9 月第 1 次印刷
ISBN 978-7-305-20905-5
定　　价 69.00 元

网　　址 http://www.njupco.com
官方微博 http://weibo.com/njupco
官方微信 njupress
销售热线 (025) 83594756

2016年9月17日作者于南京幕燕风景区　　（连传慧　摄）

童心有诗　　（朱丽艳　摄）

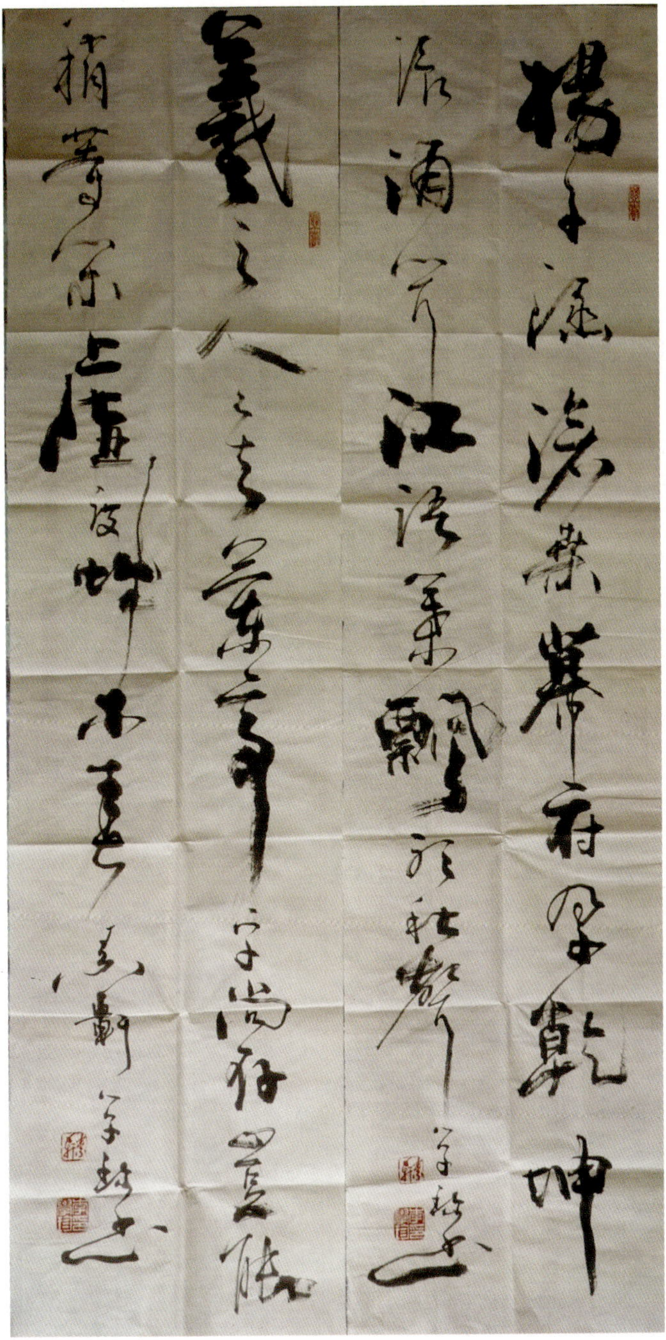

李学珍先生手书作者《游幕燕风景区偶成》诗

（李学珍，中国书法家协会会员，中国国学研究会研究员）

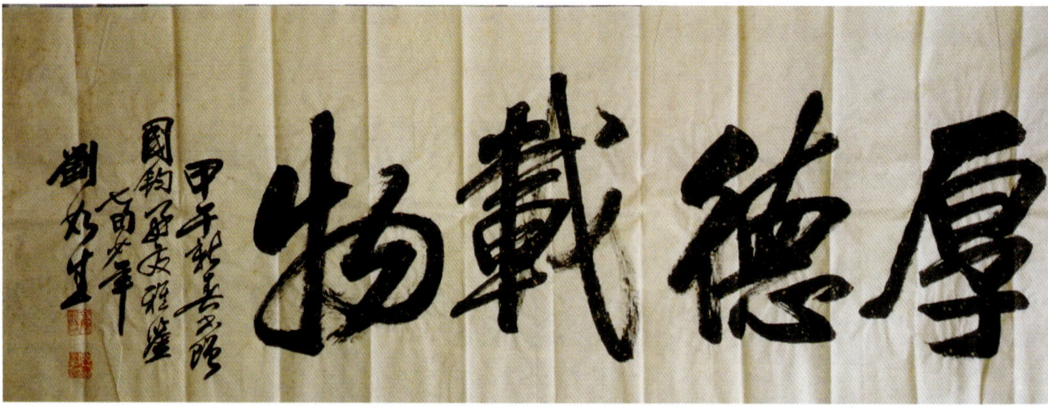

2014年2月13日著名书画家刘如生老师赠送作者的书法作品

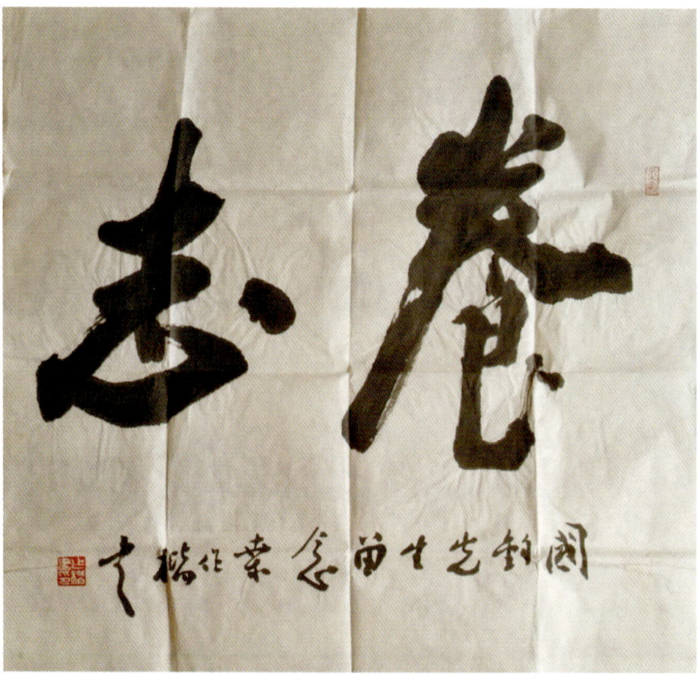

著名书法家桑作楷先生赠送作者的书法作品

这诗的颤动之羽
——读王国钧诗集《晴空飞羽》
（代序）

因为转业后到统计系统工作，结识了时任南京市统计局副局长的王国钧，出于对文字的共同爱好，我们成了同事之外的文友。唐朝诗人杜荀鹤说：“辞赋文章能者稀，难中难者莫过诗。”而王国钧既能写古体诗，也能写现代诗，两者皆有可观之处，令我十分钦佩。一晃10年过去了，王副局长早成了王局长，但他对于写诗的热情非但没有受到冗杂公务的影响，反而更加高涨，诗作的数量愈丰、情感愈浓、韵味愈长。最近，他的诗集《晴空飞羽》将由南京大学出版社出版，嘱我为序，自不敢当。一则对诗素无研究，难免说外行话，即便偶与作者心思相碰，也必定浅稚；二则顾亭林先生早就有言“人之患在好为人序”，先贤训诫，自当警醒。然而，作为相交多年的文友，闻听王国钧诗作出版，仍是喜不自禁的，作一篇读后感当是义不容辞，于是便有了这篇也许是画蛇添足的文字。

《晴空飞羽》共收入王国钧从1980年至今创作的诗歌凡700余首，分为“晴日晨风”“空谷回音”“飞絮轻扬”“羽洁情真”4辑。仅从如此大的时间跨度，我们就可以断定，这些诗作必然反映了诗人半生旅程中的所见所闻、所思所想。作为生活阅历和人生思考的记录，这些诗对于作者的意义不言而喻，对于读者的启迪也值得期待。

南宋诗人陆游有诗云："沙路时晴雨，渔舟日往来。村村皆画本，处处有诗材。"王国钧的诗，题材都是取之于日常生活。有《咏梅》《樱花》《咏玉兰花》这样的咏物诗，有《游苏州拾贝（六首）》《八月维扬》《登镇江北固山》这样的记游诗，有《南唐二陵怀古》《游采石矶思李白》《拜谒郑和墓》这样的怀古诗，有《清明上坟怀亲人》《毕业三十周年相聚扬州即席赋诗》《祈祷平安》这样的情感诗，有《易理》《嫦娥三号登月有感》《中秋有感》这样的议论诗，有《读希尔顿〈消失的地平线〉有感》《听李玉刚〈南飞燕〉有感》《看电影〈芳华〉》这样的读书听歌观影感想之作，甚至散步、开会、坐地铁、乘飞机途中所见，都信手拈来，七步成诗。由于诗材来源于平常生活，情景理交融，我们读来十分亲切，也就强烈感受到了王国钧诗情真意切的鲜明特色。

王国钧诗的另一特点是底蕴深厚。王国钧酷爱学习，举凡哲学、历史、文学之书，样样都读，如饥似渴，特别是对南京的历史文化十分熟悉，常常娓娓道来，如数家珍。在这本诗集里，我们可以清晰看到作者在钟山、玄武湖、燕子矶、南唐二陵、幕府山、牛首山、明城墙、中华门城堡、午朝门、神策门、扫叶楼、大钟亭、乌龙潭、达摩古洞、古林寺遗址等历史文化名址留下的足迹，这些意象入诗，大大增厚了诗的古典文化意趣。而从不少诗句中，我们更可直接感受到作者坚实的学养。"茅庐尚有书万卷，映雪莫要笑衣单"中含了与杜甫、孙康相关的读书典故；"临渊羡鱼未无益，亡羊补牢亦非晚"两句典出《淮南子》和《战国策》；"背影已逝父恩深，荷塘犹在月色佳"这两句在南京浦口老火车站发出的感慨，自然嵌入朱自清名篇《背影》和《荷塘月色》；“谁言秋日多寂寥，更信金秋胜春光”化用唐刘禹锡《秋词》诗句；“为赋新诗常徘徊，难觅源头活水来。忽闻春鸟一声啼，始觉方塘一鉴开”则是全诗化用南宋朱熹《观书有感》诗句，而自有新意，第三句忽然传出的一声鸟啼，更是有顿悟的禅意在内，不由让人击节赞赏：妙哉妙哉！

王国钧诗的第三个特点是清新自然，这是与第一个特点紧密相连的。在作者的诗中，我们听不到无病呻吟、矫揉造作之声。“暮山生荒烟，明月照秋原”“泉滴山谷空，月照竹影偏”“山深闻鸟鸣，林幽听禅音”“杨柳千条醉和风，秣陵古道春意浓”“大雁南去声渐远，黄叶纷飞落地轻”“北湖苍茫一鹭起，红花馥郁双蝶忙”这样清丽自然的诗句比比皆是。甚至，作者也偶有非常生动有趣的打油诗，比如《猫戏叶》：“风吹黄叶飘，叶落惊睡猫。猫醒戏落叶，叶被风吹跑。”一首小诗内，只有风、叶、猫三个意象在发生循环连锁的关系，再加上蝉联顶针的修辞手法，使全诗异常活泼清新，使人惊叹妙手天成。

王国钧诗的这些创作特色，我想主要是源于人品和学识。清朝诗人叶燮在《原诗》中说：“诗之基，其人之胸襟是也。”王国钧是个有抱负、有胸怀的君子，他是秉承“诗言志”的创作传统的。因为做到了“在心为志，发言为诗”，所以坦荡做人的他行文之时也必然会直抒胸臆，我们才能读到“燕雀安知鸿鹄志，心胸坦荡天地宽”“意善好运近，心恬喧嚣远”“无忧无虑天地宽，愿作顽童游江海”这样淡泊明志、余音悠长的文字。南朝刘勰所谓“登山则情满于山，观海则意溢于海”，我们在读王国钧诗时可以有真切的感受。陆游《示子遹》诗云：“汝果欲作诗，工夫在诗外。”正因为王国钧饱读诗书，胸有江海，我们才能读到“胸怀千里梦，那堪伏枥槽”“采菊东篱渊明情，垂钓渭水子牙功”“霜染叶红蕴戒律，尘世沧桑是经文”这样意蕴深远、逸兴遄飞的诗句，看似得来全不费工夫，实际是读破万卷方有神、踏破铁鞋有觅处！

经过了人生种种历练的作者，正在走向耳顺之年。正所谓“庾信文章老更成，凌云健笔意纵横”，王国钧恰迎来诗歌创作的高峰。他在诗中自云：“景随步移换，情逐心悟通。”人生永远在不停地移步换景，敏锐睿智的心灵则在这转换中有所沉思、领悟和意会。诗人沉思了什么？就是“少年拿云今何在，暮岁夕阳明奚往”；诗人领悟了什么？就是“世事茫茫棋一局，春云淡淡春风轻”；诗人意会了什么？就是“余生当效雁留声，秉烛达旦著文章”。此时，我们自可以信心十足地期待作者有更多的诗作问世，给世人心灵以更多的滋养。此时，不由得从《晴空飞羽》这一书名想到泰戈尔《飞鸟集》中的诗句：“这树的颤动之叶，触动着我的心，像一个婴儿的手指。”王国钧不是专业的诗家，也许他的创作只是如飞鸿片羽在晴空轻轻划过，但这颤动的片羽，也正轻轻触动着我的心，触动着所有读者的心，让我们感受一个有诗意的人怀着的初始的童真，让我们倾听一个有诗心的人捎来的远方的呼唤。

张　明
2018 年 6 月
于南京东郊

目　录

晴日晨风
（1980—2000 年）

空谷回音
(2001 年 1 月—2013 年 12 月)

飞絮轻扬

（2014 年 1 月—2015 年 10 月）

羽洁情真

（2015 年 11 月—2018 年 5 月）

晴日晨风

（1980—2000 年）

别　友

汽灯放银辉，举樽同欢颜。
离席意惆怅，启程路蜿蜒。
明月共思念，残雪伴无眠。
漠漠天际远，再会待何年？

1980 年 2 月 1 日

夜　归

携书带月归，萤窗几多回？
锋刃火中炼，沙场见其为。

1987 年 6 月 21 日

雨　中

寂寥的黄昏湖边，
天空阴阴沉沉。
微风舞动着柳丝，
响起淅淅沥沥的雨声。
绿荷滚动着珍珠，
草尖挂起了明灯。
雨中挺立的少年，
任凭风雨浸身。
面对湖水高呼：
“我是雨的主人。”

1987 年 7 月 22 日

夜游长江

江上阴云锁浊浪，远岸依稀闪灯光。
秋风悄然拂旧岸，暮雨萧瑟敲夜窗。
风雨同行有两梦，萍水相逢共一江。
少年心事当拿云，乘风破浪向海洋。

1987 年 9 月 12 日

抒　怀

太阳不因为我的存在而更加辉煌，
我却因太阳的存在而充满希望。
轻轻的春风吹开了冻结的土地，
唤醒了我童年埋在心房里的向往。
纤纤细雨伴随着春天歌唱，
濯去了我心头的几丝哀伤。
我喜欢活泼的小溪，
却不奢望她只为我潺潺流淌。
我喜欢茂盛的春花，
却不愿将她撷取收藏。
只要对着山谷疾声呼喊，
总会得到她的阵阵回响。
你看山边那贫瘠的土地，
偶然撒下的几粒种子，
也在顽强地发芽生长。
忘掉过去那痛苦的回忆，
抛弃旧日的缠绵迷惘。
昨天已经成为过去，
未来还需我们去开创。
不必担心春光的悄然离去，
只要辛勤地耕耘，
终究会在金秋得到补偿……

1987 年 10 月 10 日

郊外夜晚

静静的郊外夜晚，
轻轻地掠过一丝凉风，
她带着花草儿的香馨，
又恰似姑娘那深情的一吻。

静静的郊外夜晚，
蛐蛐儿也低语细声，
白云莫非也爱恋着美丽的月亮，
多情地把月儿悄悄盯跟。

静静的郊外夜晚，
我在寻找着那盏明灯，
望着姑娘那含情的眼睛，
啊，
我的心似万马奔腾……

1987 年 10 月

无　题

雪白月冷夜阑珊,风扫枯叶湖微澜。
东郊青松今犹茂,西厢黄菊昨已残。
非充陌上客且孤,谁堪月下俦同寒?
茅庐尚有书万卷,映雪莫要笑衣单。

1987 年 11 月 28 日

无　题

爱赏白雪喜看川,连日北风不觉寒。
传香山中梅花笑,惠及人间万姓欢。

1987 年 12 月 14 日

题相册

天空为大海而蓝，
高山为大地而崛起，
五彩的世界为生活而绚丽。
愿你留住流水般的光阴，
让那动人幸福的时刻永恒存现。
愿你的每一页永远荡漾着青春的气息，
悄悄印下我们轻盈矫健的步履。
愿你的每一个画面，
充实而丰满，
当我们满头银丝再探望你时，
坦然而不脸红，
欣慰而不痛悔……

1988 年 1 月 12 日

赠某君

形秽自强不自惭,孤灯伴读夜阑珊。
不恨飞雪舞楚天,应喜春风拂江南。
临渊羡鱼未无益,亡羊补牢亦非晚。
燕雀安知鸿鹄志,心胸坦荡天地宽。

1988年5月24日

无　题

三冬萤窗可充栋,无剑有笔亦英雄。
踏青爱聆潇潇雨,赏月喜沐淡淡风。
云鬓但忧无声白,绿荷犹可别样红。
堂燕不知何处去?秦淮残阳铺水中。

1988年11月1日

咏　梅

白雪堆里一枝梅，吐香不为蝶纷飞。
寒风无奈终傲然，山花烂漫亦争辉。

1988 年 12 月 24 日

爱　梅

爱冬只为爱腊梅，连年梅开白雪飞。
传语农家有丰年，惠顾河山兆春归。

1988 年 12 月 27 日

咏安徽广德太极洞

一潭溪水一湾山，老君炼丹藏此间。
水滴石穿人未识，四绝奇景思八仙。

1989 年 5 月 7 日

登　高

悠然扬鞭牧群山，一任白云脚下缠。
几番仰天笑鲲鹏，宇宙可曾胸中含?

1989 年 5 月 9 日

偶　感

为赋新诗常徘徊，难觅源头活水来。
忽闻春鸟一声啼，始觉方塘一鉴开。

1989 年 5 月 19 日

赴溧水途中偶成

杨柳千条醉和风，秣陵古道春意浓。
粉蝶双双逐黄花，雏鸭静浮绿水中。

1990 年 4 月 27 日

咏中华门城堡

雨润雷鼓今犹在，人间沧桑尽入怀。
帝王将相何处觅，江山代代出英才。

1990 年 4 月 30 日

无　题

樯橹灰飞在笑谈，少年浩气冲霄汉。
春风无言人自暖，秋雨有情夜偏寒。
江水滔滔恨多少，芦荻萋萋秋几番？
朗月一轮千古明，幽谷空灵小尘寰。

1990 年

秦淮暮雨

风起黄昏天骤白，河中孤舟独徘徊。
密雨无情扫古城，荡涤乾坤净无苔。

1990 年 5 月 15 日

易 理

柔水久滴石亦穿，堤溃蚁穴令人寒。
《易》云履霜坚冰至，万事情理在其间。

1990 年 5 月 21 日

赴通沪苏考察偶成

青山浮云芦苇声，时有疾雨洗征尘。
惜别炎日来相送，归来秋意满石城。

1990 年 9 月 5—14 日

游苏州拾贝(六首)

其一　游虎丘

云动古塔将欲倾,姑苏八月桂花馨。
宇宙精气一藏此,雾岚徜徉在山林。

其二　游怡园

日暮怡园客渐少,古树静立风轻叨。
池鱼悠然水中戏,往事如烟无声消。

其三　游狮子林

谁令百狮俱定神,昂首张口寂无声。
丽日春风年年有,一代新人换旧人。

其四　拙政园忆旧游

当年游园细雨飘,绿荷滚珠萍逍遥。
岁月匆匆无情去,始悟欢乐在勤劳。

其五　游拙政园

拙者为政在田园,沧桑才是人世间。
池水荡涤忠王影,风卷红旗换了天。

其六　游西园遇雨

姑苏八月光景奇,一时风雨一时晴。
抑或众仙意不同,屏翳曦和暗较劲。

1990 年 9 月 26—27 日

病中吟

钟山潜形暮天低,飞雪洒扬伴春意。
莫道严寒今又来,但见荠花映小溪。

1991 年 2 月 27 日

无　题

绿树倒影入池塘,薰风勤送稻谷香。
蜻蜓乱舞喜无人,浮云逍遥蝉声长。

1991 年 3 月 9 日

赴宁途经六合新篁

麦浪青青将欲黄,草深露重沾衣裳。
蓬雀不鸣无拘飞,细风时送野薇香。

1992 年 5 月 11 日

过中华门

暮天低垂游丝荡，秦淮孤舟傍夕阳。
春风有情抚倦客，古城无语话沧桑。
饱历人间苦与乐，冷观世态炎和凉。
浮生莫恨桑榆晚，犹可秉烛照梦乡。

1992 年 6 月

岁末偶成

薄雾蒙蒙锁钟山，湖水瑟瑟不胜寒。
大地终因春风绿，危岭却为冬雪斑。
无力挽得东隅去，何事常恨桑榆晚？
青萍难觅磨剑石，空余浩气冲霄汉。

1992 年 12 月 31 日

山野之冬

野火荒原烧,风过枯枝摇。
日暮寒添频,冻土长新苗。

注:回六合,途经马桂山所作。

1994 年 1 月 1 日

除　夕

龙驾晨云来,兔踏暮雪走。
逝者如斯夫,韶华不可留。
冬尽冰化水,春临绿满洲。
及时当勉励,莫白少年头。

2000 年 2 月 4 日

游采石矶思李白

独立观涛拍矶头，临风邀月共把酒。
志友大鹏冲霄汉，折翅千古亦风流。

2000 年 6 月 21 日

空谷回音

（2001 年 1 月—2013 年 12 月）

除夕有感

鸡鸣塔上龙云飞，金蛇伴随春雨回。
苍山翘首雪不临，黑水拂面风在吹。
诸葛赞语犹未消，王谢堂燕何处归?
大江滔滔今如昔，民众融融古难追。

2001 年 1 月 23 日

羊年新春吟

除夕瑞雪飘，羊年大丰兆。
雪映两鬓白，梅开一枝俏。
室内有暖炉，驿外无断桥。
浩气藏心间，岂止冲云霄?

2003 年 1 月 31 日

养 志

常思养志悟沧桑，城市山林有春光。
荣利终将浮云去，但守本分谋稻粱。

注：是日，书法家桑作楷先生手写“养志”作品相赠。

2004 年 12 月 4 日

秋日登高

峻岭极目望，田野尽金黄。
枫林听秋声，山岩觅夏光。
曾记少年游，须臾两鬓霜。
晨风荡意气，晚霞壮辉煌。

2007 年 10 月 20 日

东庐山怀古

东庐时现云雾中,严陵垂钓乐无穷。
可怜史女沉濑水,堪叹子胥建勋功。
始皇有意凿秦淮,金陵无情迎刘公。
世事沧桑正道在,大江东去洪流涌。

注:濑水:古水名,又称溧水。

2007 年 11 月 1 日

雪

昨夜喜迎飞絮来,翩翩悠然落江淮。
激荡心海浪滔滔,装扮山郭白皑皑。
我欲乘风踏粉去,又恐洁羽动情怀。
隔窗最赏银龙舞,启门尤喜金凤开。
待到春风化雨时,愿君幻得彩虹在。

2008 年 1 月 16 日

中秋有感

雨濯金野逢中秋，欲济无舟更思友。
霁天江水映斜阳，澄怀观道逍遥游。

2010 年 9 月 26 日

咏冬树

风鸣枝头赛乐美，枯叶化作彩蝶飞。
删繁就简初冬树，铁骨铮铮映朝晖。

2010 年 12 月 23 日

毕业三十周年相聚扬州即席赋诗

挥手前溪如昨天，卅载人生品苦甜。
秋雨无情沾白发，春风有意抚倦面。
恩师授渔益终身，同窗相携铭心间。
更喜欢聚五月扬，友谊常思一线牵。

2012 年 5 月 19 日

毕业三十周年相聚扬州

遥忆同窗前西溪，惠山云雾太湖雨。
良师启蒙燃烛情，益友相携晓鸡意。
卅载风霜人生路，荣辱甘苦亦自知。
维扬二日乐融融，长亭一曲别依依。

2012 年 5 月 20 日

时隔十二年第四次游采石矶有感

四临采石矶，三番雨中游。
长廊蕉叶响，高台林谷幽。
青莲祠尚存，当年人成叟。
应惜韶光贵，奋蹄在金秋。

注:四次游采石矶三次下雨。最难忘的是 1984 年 5 月 13 日，第二次游采石矶，我与同事朱斌(后到美国)、张诒强、尹小宁、倪合明(后辞职创业)等 5 人一起骑自行车从南京中华门出发，历时三个半小时到达，游玩后当天又骑车返回南京。

2012 年 7 月 14 日

贺珍鹏表兄八十寿诞

展翅南国乘长风，仗义姑苏几秋冬。
两袖清风池中莲，一身正气岭上松。
采菊东篱渊明情，垂钓渭水子牙功，
谁言向晚意不适，满目青山夕照红。

2013 年 2 月 12 日

赠传露弟

汉王才传甘露浆，又闻刘家菊花香。
卓尔不群丹心照，腾蛟起凤歌未央。

2013 年 2 月 13 日

梦游无想寺

夜雨滂沱我独攀，泥流咆哮凉亭畔。
飞将气豪射斗牛，蛟龙身轻腾山湾。
沧海桑田悲欢事，木有荣枯情何堪。
待到秋来黄花开，渔樵一饮谈笑间。

2013年5月29日

办公场所搬迁有感

草创立足古城边，数海沧桑六十年。
铃木无语枯又荣，珠水有声清不闲。
三三小楼听苦雨，八四大厦拓荒田。
鸡鸣一声怀旧岁，波光万道开新篇。

注：2013年6月1日开始，我们的办公场所搬至河西，本单位自成立之初就在鸡鸣寺那里办公，距今已经60多年，先在33号楼办公，1984年9月新楼落成，一直办公至今。

2013年5月31日

岁到中秋

岁到中秋幽思长，山林小径多清光。
太白举杯邀明月，东坡挥笔书华章。
溪流有声情独钟，桂树无语花自香。
借问古今多少事，滟滟随波水一江。

2013 年 9 月 13 日

在六合金牛湖度中秋

林深谷幽闻鸣蛙，天远月明洒清华。
溪边杨柳桂花风，浮云一丝寄天涯。

2013 年 9 月 19 日

秋日偶成

稻香时闻涌金浪，晚霞数朵伴夕阳。
瘦菊有情含愁怨，暮山无语话沧桑。
白发应愧慕宗悫，青丝当荣效商鞅。
叶红浓浓枫两株，天高声声雁一行。

2013 年 9 月 20 日

南唐二陵怀古

青山依旧如当年，春花秋月几人见？
日炎涸辙鱼犹欢，国破覆巢蛋岂全！
空拥江南富饶地，醉生帝宫奢靡天。
须当乾乾夕惕若，方得民心书新篇。

2013 年 9 月 21 日

拜谒郑和墓

白云挂山岭，松树夹墓道。
风在枝头语，黄花伴野草。
身经巨海浪，魂归大明朝。
如何寰宇内，汉语邦国少？

注：郑和墓在江宁牛首山下，为衣冠冢。

2013 年 9 月 21 日

游江宁世凹桃园

闻说当年驻大军，巧破敌营建功勋。
牛首山雄补天阙，世凹村秀生琴韵。
灯悬白墙红一串，树映池塘深八寻。
陶令文魂现物华，菊似桃艳稻如云。

2013 年 9 月 21 日

堵车(打油诗)

车行似蜗牛,心急冷汗流。
道路赛泊场,拥堵何时休?

2013 年 9 月 22 日

听 秋

大雁南去声渐远,黄叶纷飞落地轻。
雨打残荷韵味长,溪水独流起悲音。

2013 年 9 月 24 日

秋 意

一夕凉雨涨池塘,黄叶飘零秋满窗。
莫道萧瑟多悲意,生机粒粒孕春光。

2013 年 9 月 24 日

郊外秋景

丹桂飘香柿渐红，秋风萧瑟暮云彤。
稻田万顷翻金浪，大雁一行鸣碧空。

2013 年 10 月 2 日

题××淮安风景照

月到风来水成文，柏枝松叶皆乾坤。
南船北马留故事，青山绿树有余声。

2013 年 10 月 5 日

八月维扬

八月维扬风光美，画舫绿水岸柳翠。
熙熙攘攘人如织，云白天蓝任鸟飞。

注：题薛爱群先生扬州风景照。

2013 年 10 月 6 日

秋夜听雨

雨打秋叶听韵声，阵阵轻寒满石城。
忽忆溪边野菊花，凄风苦雨应无嗔?

2013 年 10 月 7 日

秋日钟山怀古

乌云翻腾暮天低，疾风带雨展红旗。
千里寻梦闻惊号，十年磨剑待良机。
潇潇落叶增悲色，浩浩涌波生怅意。
钟山不老史韵在，青田何处觅刘基?

2013 年 10 月 7 日

浦口秋夜

暮山生荒烟，明月照秋原。
密林归宿鸟，轻寒降庭院。
何处孤蛩鸣，谁家明池鉴？
浮云心绪飞，落叶情意牵。

2013 年 10 月 14 日

大吉秋天

青山环抱中，枫叶别样红。
风过树低语，人来鸟噪动。
奇石遍山坡，镜池映苍松。
何事忽怅惘？尘心难静空。

2013 年 10 月 14 日

宿浦口大吉

夜见月伴云，晨闻风吹雨。
阴晴天有常，岁更时循序。

2013 年 10 月 15 日

换季有感

金风起兮季节换，黄叶飘落声满山。
一把银剪裁秋树，千堆雪浪拍江岸。
试看石城添新林，龙腾华夏天蓝蓝。

2013 年 10 月 17 日

秋日即事

秋来萧瑟少，绿枝风中摇。
水清映淡云，山秀唤鸣鸟。
稻菽金浪涌，蒹葭白絮飘。
时序不可逆，沧桑有正道。

2013 年 10 月 21 日

秋日感怀

白驹过隙岁蹉跎，晓鉴忽惊霜发多。
放眼前程路漫漫，回首往事云漠漠。
锦筝乘风易升腾，冻湖激水难起波。
端居无为愧盛世，荒原一片燃烈火。

2013 年 10 月 25 日

咏　柳

依依河边柳，翠映秋水秀。
迎风斗寒霜，堪称松菊俦。

2013 年 10 月 25 日

猫戏叶(打油诗)

风吹黄叶飘，叶落惊睡猫，
猫醒戏落叶，叶被风吹跑。

2013 年 10 月 27 日

题××先生游瘦西湖摄影作品

秋到维扬风韵好，碧水彩船映小桥。
年少偶逢卿何在？亭台依旧闻笛箫。

2013 年 10 月 27 日

溧水秋色

谁染秋原美如画，黄红白绿巧泼洒。
万物霜天竞自由，风吹芦花到天涯。

2013 年 10 月 29 日

秋晨有感

一夜风雨增秋意，几片黄叶挂疏枝。
野鸟悲鸣笼雀应，漫漫寒冬可无饥？

2013 年 11 月 1 日

傍晚散步紫金山麓

路灯放华光，街树影悠长。
天凉人行少，山幽蛩鸣响。
尘心清水涤，浩气云空扬。
独效卢梭公，散步寻梦想。

注：卢梭曾写《一个孤独的散步者的梦》。

2013 年 11 月 1 日

秋游高淳慢城

秋风巧染波浪山,绿质彩章色斑斓。
白墙黛瓦村在望,栖鸟卧犬梦犹酣。
古井深深越古今,苍天冥冥见沧田。
抛弃人间浮华事,慢功细活亦争先。

2013 年 11 月 3 日

秋日杂感

日透密林光万道,落叶满径露珠昭。
秋意渐浓色彩多,心境益宽烦恼少。
夏日荷红秋菊艳,万物应时领风骚。
纵使严冬冷无情,也有岭梅雪中俏。

2013 年 11 月 4 日

秋游桠溪慢城

几番金秋游高淳，尤赏如画小山村。
黛瓦白墙红枫树，枯荷黄草褐蔓藤。
山秀水灵雁声留，人和家睦古风存。
借问桃源今何在？当指桠溪说慢城。

2013 年 11 月 5 日

参加省大数据研讨会有感

秋来落叶满山谷，茫然四顾觅归途。
日月星辰辨方向，山势林貌绘地图。
人行板桥霜留迹，雁飞长空影入湖。
世事茫茫应有常，乾坤朗朗终靠数。

2013 年 11 月 6 日

秋日访南化

红藤爬白墙，黄叶助秋光。
果实犹挂枝，邻树花又放。
暖暖蓝天远，悠悠江水长。
化学开新局，德榜笑慈祥。

2013 年 11 月 8 日

清晨秋雨

清晨雨骤响，枝头珠晶亮。
忽觉霞光透，林边鸟飞翔。
皆言春光好，我谓秋熟香。
四季美不同，澄怀静思量。

2013 年 11 月 9 日

秦皇登临处怀古

山脉似龙绕，彩林藏古庙。
秋风扫落叶，长江起狂涛。
秦皇遗迹在，岂岂多枯草。
气吞万里虎，可曾料赵高？

2013 年 11 月 10 日

秋游栖霞山

风在树上语，叶落林间飘。
行宫遗址存，梵音空谷绕。
放眼色斑斓，静心思涌涛。
如何禅理明，开悟智人少？

2013 年 11 月 10 日

过南京北京东路樱花道

才赏樱花白,又见樱叶黄。
驹光难回返,青丝易染霜。
水清荷莲枯,天高精气爽。
恬心顺自然,康乐应有双。

2013 年 11 月 13 日

有感

身居闹市间,台风中心闲。
意善好运近,心恬喧嚣远。
泉滴山谷空,月照竹影偏。
时时守意境,处处有桃源。

2013 年 11 月 13 日

深秋小景

深秋多色彩，峻岭何气概。
万物魅力射，百菊馥郁来。
萧瑟风渐寒，觅食鸟益快。
只为冬日近，惜时不懈怠。

2013 年 11 月 14 日

深秋访方山画家村

日出枫叶红，风吹芦花白。
秋去山原黄，冬来湖水黛。
睢园绿竹美，马良神笔在。
天印有灵气，神州添色彩。

注：应潘小强邀请，与周海歌、姚珍漪等访江宁方山。

2013 年 11 月 16 日

游定林寺

山似龙环水一潭，林如色染房三间。
暮鼓晨钟达摩崖，古理今情文心苑。
风过枝头悟禅音，云飘岭上思圣贤。
古刹千年木枯荣，长江万里浪向前。

2013 年 11 月 16 日

初冬有感

冬来日影长，天寒贵阳光。
秋声留余韵，春意孕生长。
心静养浩气，神凝蓄力量。
白雪伴江水，滔滔向海洋。

2013 年 11 月 18 日

冬日暮归

晨披朝阳去，暮迎夜月回。
不见夕阳红，但赏月清辉。
忙忙似蜜蜂，碌碌恨无为。
鬓发霜愈重，更解韶光贵。

2013 年 11 月 19 日

冬晚散步有感

夜临觉天寒，华灯放光彩。
路开灰尘大，车泊道路窄。
渠塘多浊水，空中常雾霾。
蓦见月亮升，更思清光来。
发展须绿色，环保不懈怠。

2013 年 11 月 19 日

青海海南州同仁来访有感

冬阳正午暖，青海贵客来。
真情送真经，文才添文彩。
藜杖探山迹，扁舟荡数海。
南北建友谊，携手上台阶。

2013 年 11 月 20 日

我的美丽中国梦

绿水青山白云飘，桃红李白艳阳照。
空气清新神情怡，鸟儿欢畅意趣高。
节能减排石留痕，提质增效浪涌潮。
不为蝇利遮明眼，但见原野多芳草。

2013 年 11 月 21 日

金丝柳吟

依依河边柳，入冬翠依旧。
放眼秋光远，凝心春色稠。
叶落芽初发，絮飞枝更柔。
韶光足可惜，承前贵启后。

2013 年 11 月 22 日

雾霾天有感

雾霾锁群楼，日白光难透。
糊焦味难闻，嘈杂声刺耳。
安得疾风起，清新还神州？
蓝天飘白云，绿水荡扁舟。

2013 年 11 月 23 日

冬日风雨吟

镇日凉雨添冬意，风扫残叶暮天低。
湖水瑟瑟桥影游，行人匆匆飞鸟稀。
尘事如梦去无痕，真情犹铭来有迹。
莫道严寒生机少，万梅迎春已破题。

2013 年 11 月 24 日

冬晨有感

一夕风雨起，黄叶铺满径。
柿红犹挂枝，阳明复更新。
终日河左劳，通宵山阴勤。
冬蓄千钧力，春震万里霆。

注：河左为秦淮河的西边(白天办公地)，山阴为紫金山北边(家的处所，指夜晚在家加班)。

2013 年 11 月 25 日

停 电

入夜电骤停，万家失光明。
广场无人喧，草丛有蛩鸣。
电器皆休克，四周何寂静。
任凭科技高，无电犹无心。

2013 年 11 月 27 日

冬夜有感

朔风呼啸来，江水涌洪波。
夏炎恨荫少，冬寒思阳多。
岁月周而复，人生忧与歌。
当惜眼前时，不应悔蹉跎。

2013 年 11 月 28 日

茅花赞

山野茅花白茫茫，疑是入冬雪初降。
飘逸能随寒风舞，淡泊不求声名扬。

2013 年 11 月 30 日

冬日散步

树上枯叶未尽凋，又见新芽萌枝梢。
不识朔风软无力，却疑春光早来到。

2013 年 11 月 30 日

咏幕燕

山似苍龙卧江边，燕子振翅若许年。
马娘掷钗成绿洲，乾隆寻亲恨荒园。
三台阁峻香烟绕，夹骡峰雄白岩坚。
时来天地皆同力，更思五马渡天堑。

2013 年 12 月 1 日

雾霾天

雾霾如盖笼古城，高楼隐约看未真。
树木萎萎无生意，行人恹恹有怨声。
正午日光暖朦胧，清晨空气浊粉尘。
安得玉宇起狂飙，还我蓝天万里澄？

2013 年 12 月 4 日

霾天有所思

雾失群楼霾迷路，飞鸟徘徊未识途。
郁郁举头盼艳阳，切切闭目思清湖。
天人和谐鱼和水，科学发展法与度。
匹夫之责担当时，蓝天白云应常驻。

2013 年 12 月 6 日

午后到北京于机上偶成

冲破雾霾见青天，一轮丽日西边闲。
乾坤坦荡系蓝带，江河纵横沃桑田。
放眼远云如城堡，回眸新月似刀镰。
旋见天际烈火烧，夕阳正红美无限。

2013 年 12 月 9 日

冬到北京

冬到北方草木凋，白杨高枝有雀巢。
日出天际红霞飞，人行幽径小鸟叫。
忆昔兰亭逝六载，思今藤阁留一宵。
时光匆匆催白发，人生悠悠听笛箫。

注：到北京开会下榻郁金香酒店，6 年前开会也住此店。

2013 年 12 月 10 日

冬季京城

红日喷薄光万道，雄鸡引吭声势豪。
冻塘薄冰亮闪闪，寒枝轻装赤条条。
朔风凛冽寰宇净，晴空坦荡白云飘。
严冬不是无情季，一曲高歌冲汉霄。

2013年12月11日

冬　日

枯荷寒水凛冽风，金柳鸣鸟阳光晨。
谁谓严冬少生机？万物无声孕乾坤。

2013年12月12日

赞茶花

太阳欲出东方红，茶花初放寒风冬。
不要人夸好气节，但留鲜艳在雪中。

2013年12月13日

嫦娥三号登月有感

千年飞月梦，而今愿竟成。
嫦娥舒广袖，虹湾舞长风。
吴刚笑迎客，月宫喜开门。
壮哉我中华，创新铸国魂。

2013 年 12 月 14 日

冬日天朗

寒风一扫灰霾散，暖阳普照苍穹蓝。
铁骨铮铮疏枝傲，深情脉脉红旗展。
难得严冬有朗日，也学飞鸟尽情欢。
气爽天净思飘逸，心与白云长相伴。

2013 年 12 月 27 日

登新城大厦眺望方山定林寺不见,因思达摩

雾遮望眼失方山,定林不见漫思禅。
身处尘世怀菩提,心浸山水悟圣言。
跨水逢羊为传法,一苇渡江恨无缘。
拈花微笑心相应,月明谷幽滴清泉。

2013 年 12 月 30 日

迎新年

万象更新一元始,春风悄临花先知。
雾霾已随寒冬去,雄鸡一唱迎晨曦。

2013 年 12 月 31 日

飞絮轻扬

（2014 年 1 月—2015 年 10 月）

新年有感

一轮新阳腾山凹,东风浩荡气势高。
黄叶旋飞辞旧岁,骏马抖擞奔大道。
寒云一丝飘蓝天,香梅几朵挂疏梢。
大地盎然生机蕴,神州活力江海潮。

2014 年 1 月 2 日

日浮云海

日浮云海光万道,叶落枝爽见雀巢。
蒿枯白絮随寒风,春近红苞爬梅梢。

2014 年 1 月 3 日

巢

日暮霞飞鸟归巢,巢在城中价亦高。
人本与物共生态,和谐犹得万年好。

2014 年 1 月 5 日

冬 林

冬林时怒号，新月如镰刀。
残叶随风舞，壮心逐浪高。
胸怀千里梦，那堪伏枥槽。
仰天长啸情，原野烈火烧。

2014 年 1 月 6 日

到六合程桥河南村访户

天寒茅草黄，日暖麦苗青。
人来村犬吠，风过树枝鸣。
入户访民情，聊表一片心。
大地春意浓，池清水面平。

2014 年 1 月 15 日

春将近

马蹄声近春风来,傲骨寒梅花盛开。
溪水常流清又亮,山雀勤飞敏且快。
虚心翠竹时低头,坦荡海空少埃壒。
放眼东方日正好,雄鸡一声响天外。

注:埃壒,犹尘土。

2014 年 1 月 22 日

金陵怀古

骏马加鞭春来早,朝阳蓬勃光万道。
钟山如龙王气盛,石头似虎威名高。
博览金陵史深厚,远瞩古城墙环绕。
六朝往事随流水,红旗猎猎松涛号。

2014 年 1 月 25 日

癸巳年末偶成

草青草黄几度秋，卅二数海搏激流。
回首来路多峥嵘，放眼天涯无尽头。
北极阁高风云起，进香河潜古名留。
千方百计皆缘数，远山近水一望收。

2014 年 1 月 29 日

咏石星王村

一星悄然降人间，风雨沧桑若许年。
马头昂首雄风在，塔山移身古名显。
隋唐垦荒两利斧，明清犁田三响鞭。
村名远扬石星伴，枝叶繁茂根太原。

注：石星王村在六合金牛湖，系古村落，隋唐时王姓祖先就从太原来此垦荒，村有一石星，更兼王姓居多，故名“石星王”。在村东和村西分别有马头山和塔子山。只是如今塔子山已经被开采完了。

2014 年 2 月 1 日

咏水仙花

六瓣白玉簇金芯，一丝清香绕华庭。
凌波绰约多风韵，岂逊梅花岁寒心？

2014 年 2 月 5 日

和傅石《西塘冬雨》

烽火吴越争，烟云千年梦。
古桥河影浅，小巷车辙深。
悠悠遐思情，潇潇冬雨声。
借得茶半瓯，涤我心之尘。

2014 年 2 月 7 日

太阳雪

忽见窗外雪花飘，疑是柳絮乐逍遥。
远望钟山白萧疏，大地依旧金光照。

2014 年 2 月 10 日

初 春

日曝身倍暖，风吹面犹寒。
大地春意浓，长空飞鸟欢。
万物竞向荣，千舟齐扬帆。
韶光足可惜，人勤地不懒。

2014 年 2 月 11 日

春 雪

一夜飞雪扬，山河披银装。
玉枝多姿态，香梅何风光。
无奈春意浓，惜乎景不长。
定格此画卷，雅韵细思量。

2014 年 2 月 13 日

春雨悠思

春雨淅淅，和风拂拂，
纤枝梢头挂珍珠，万物欣欣正复苏。
炊烟袅袅，篱落疏疏，
羊肠小径伴泥土，乡愁淡淡谁人吐？
桃花灼灼，流水汩汩，
芳草连绵那堪顾，一线情思付江湖。
行人匆匆，驰车呼呼，
骏马奔腾闻战鼓，梦想在心不辞苦。

2014 年 2 月 15 日

有　感

天下一统唯求真，三十二年统计人。
雏鹰展翅击长空，骏马奔驰沐春风。
言传身教孔子情，脱颖槽枥伯乐恩。
而今迈步从头越，披卷审数觅乾坤。

2014 年 2 月 19 日

赠王庆侄

生生不息根太原，积善人家有余庆。
沧海桑田勤为本，世态炎凉孝在心。
家风严严有传承，江水滔滔无竭尽。
喜看东方红似火，朝阳喷薄大地新。

2014 年 2 月 22 日

春游钟山怀古

草木欣欣春意浓，鸟雀声声峡谷空。
岁月无痕桃花水，江山有声杨柳风。
金陵紫光帝王气，秦淮烟雨六朝梦。
天地同力借时运，采菊东篱笑朦胧。

2014 年 3 月 8 日

祈祷平安

马航失联心中忧,大鹏何处逍遥游?
翰墨丹青意韵深,苍天碧海情思悠。
昨日尺幅劳惠赠,今朝寸心勤祈求。
忽闻蓝天祥云起,人安机归乐神州。

注:马航失联,深为忧虑。书画家刘如生、鲍媛华恰在其上,2 月 13 日刘老师还书赠"厚德载物"的横幅予我,并告知要去马来西亚,不想今日竟然消息全无,令人担忧。祈祷他们平安!

2014 年 3 月 9 日

春日行动

春光无限春意稠,环保行动誉神州。
松竹风起山岭峻,虎凤蝶舞峡谷幽。
老夫聊发少年狂,抖擞精神争上游。
林密道曲红旗展,心胸坦荡白云悠。

注:是日作为市审计局机关党委书记参加了局团支部组织的、由《金陵晚报》主办的虎凤蝶环保志愿者行动。

2014 年 3 月 15 日

咏玉兰花

望春齐放满树白，沐浴和风情满怀。
玉洁何须叶扶持，花飞花谢任自在。

注：玉兰花又名望春。

2014 年 3 月 18 日

春游玄武湖

波光潋滟浮钟山，春风杨柳白玉兰。
玄湖依旧人何在，时光已非情何堪？
昨日惊雷闻暴雨，今朝丽日见霄汉。
人生苦短木荣枯，白云徜徉飞鸟欢。

2014 年 3 月 20 日

游钟山樱花大道

最爱春日钟山晴,野花星布杂草青。
小溪尽头赏藤舞,密林深处辨鸟音。
前奔后逐稚子欢,高歌低唱游人应。
怅然忽思六朝虎,天人合一须铭心。

2014 年 3 月 22 日

咏厨房萝卜

身处厨房不时煎,无阳无雨远田原。
使命不忘待春唤,依然花开同芳艳。

注:春节从农村带来的萝卜放厨房未及烹食,居然发芽、生长、开花了。在感叹生命的顽强和大自然无穷造化的同时,更感悟萝卜恪守时令的精神。

2014 年 3 月 23 日

樱 花

樱花怒放一树白，春风轻拂多光彩，
纯洁芬芳人争赏，花谢叶长客少来。

2014 年 3 月 24 日

寻旧办公楼不得

后苑新花何鲜艳，古城犹在楼不见。
春风不解离人意，招蜂呼蝶共翩跹。

2014 年 3 月 25 日

观樱花纷谢

花瓣零落花蒂红，绿叶初张迎春风。
岁月苦短莫空叹，江河流长凭实功。
从来花无百日好，自古山有千寻雄。
应学樱花一怒放，闹得人间春意浓。

2014 年 4 月 1 日

晚樱盛开

早樱方谢晚樱开,粉花绿叶多光彩。
时序轮得我做主,春光万里情满怀。

2014 年 4 月 2 日

春日北湖

绿枝古塔映黄墙,春风和煦入画廊。
北湖苍茫一鹭起,红花馥郁双蝶忙。

2014 年 4 月 4 日

清明上坟怀亲人

油菜花开一片黄,东风依旧伴春光。
情思化作白蝶飞,怀想融入清溪淌。
音容笑貌历历在,关情爱意切切然。
瑶池一去十七载,白云悠悠琴声扬。

2014 年 4 月 5 日

咏香樟树

绿叶经冬几片红，悄然飘落春风中。
承前启后新绿茂，老叶不逊花瓣容。

2014 年 4 月 6 日

春日再游樱花大道

白云岭上飘，春鸟林间叫。
絮飞闲悠悠，花开静悄悄。
绿浓添新景，道幽换旧貌。
蠲烦又析酲，独爱钟山娇。

注：蠲烦析酲，消去烦恼，解脱酒醒后的疲惫。

2014 年 4 月 7 日

游玄武湖武庙

湖水渟澄映楼台,千年铁佛锁水怪。
蒹葭萋萋风絮语,野花娆娆蝶勤来。
武庙古闸如咽喉,珍珠长河似衣带。
一旦闸启湖水泻,撼地激流惊天外。

2014 年 4 月 8 日

春　晨

一夕风雨后,草丰树叶长。
飞鸟声婉转,闲人意徜徉。
花落荚初出,金海换绿装。
万物展魅力,不忍愧春光。

2014 年 4 月 12 日

夏日近

桃李花谢春风远，野雀逍遥鸣田园。
绿荫渐浓木扶疏，夏光日盛蝶翩跹。
钟山气灵可洗心，长江势雄能革面。
更喜青奥群英萃，不见当年下关舰。

注：1842 年 8 月 29 日在下关签订了《南京条约》。

2014 年 5 月 2 日

拜谒紫金山航空烈士墓

谷幽林茂藏鸣鸟，风轻云淡飞絮飘。
战机无言思蓝天，野花有情怀英豪。
弯弓射日正气在，驭虎冲天丹心昭。
埋骨何须桑梓地，愿为自由留笑貌。

2014 年 5 月 2 日

初夏游钟山

风过林涛吼,鸟鸣山谷幽。
枯叶生新花,清溪映白首。
野原无人迹,万物竞自由。
逸兴纤云飞,心静琴韵悠。

2014 年 5 月 3 日

游幕府山仙人对弈处

山中一局棋,红尘数世纪。
回村人不识,寻家事能忆。
擎天古树在,穿空雏雀戏。
鬓皤孙辈迎,颜童老者疑。
举目辨沧桑,侧耳听流溪。
只忧身形孤,不恨日月迟。
且随白云去,陶然共忘机。

2014 年 5 月 17 日

访幕府山半山禅院遗址

山深闻鸟鸣，林幽听禅音。
人稀草蒙茸，花香蝶随心。
院湮两脉秀，石存几丝情。
达摩恨不遇，一苇飞少林。

2014 年 5 月 17 日

石 榴

石榴花开火样红，绿叶摇曳夏风中。
待到金秋月圆时，水晶籽粒出灯笼。

2014 年 5 月 20 日

咏广玉兰

五月广玉兰,洁白花熳烂。
枝高一树茂,香幽十里传。
映日品高洁,迎风尘不染。
古今颂芙蓉,光环多虚幻。
凌波影自怜,祈雨珠纳满。
寒来叶腐朽,风起茎阑干。
浪得清廉名,离污情何堪?
莫赞水中荷,应效树上莲。

2014 年 5 月 24 日

祝儿童、端午双节快乐

祝愿人间万象新,大雨洗尘乾坤明。
家添喜悦粽叶香,节拔苍翠竹枝挺。
日月不淹屈原叹,快意无遮稚子兴。
乐见荷塘叶碧绿,也赏枇杷果色金。

注:《离骚》中有,日月忽其不淹兮,春与秋其代序。

2014 年 6 月 1 日

无　题

远逝往事恍如昨，昨日新事觉去多。
近树观山疑山低，凌波看海信海阔。
枇杷初黄夏风起，鬓发衰白人生暮。
但求无愧复兴梦，晚霞漫天不蹉跎。

2014 年 6 月 2 日

读希尔顿《消失的地平线》有感

蓝月一轮映雪山，道观峥嵘佛火闪。
世事茫茫求适度，岁月悠悠重珍善。
物丰无忧黄金多，英萃有思文章蕃。
为爱何惜百年寿？香格曲萦情阑珊。

注：蕃，众多。

2014 年 6 月 4 日

咏南京明外廓观音门

势随岗峦绕京城,历经沧桑难觅根。
日暮江长瑟瑟波,月明树幽袅袅风。
观音门前禅音咽,幕府峰下鼓声震。
电闪雷击悲湮灭,欣逢盛世笑重生。

2014 年 6 月 6 日

月　夜

一轮明月照钟山,几缕清风绕龙潭。
朱阁相思东坡吟,离亭恨别柳永叹。
溪水潺潺意未尽,野花幽幽情不堪。
池塘草深蛙正鸣,浩气犹存冲霄汉。

2014 年 6 月 10 日

游神策门

历经沧桑镝楼存，数次更名展雄风。
郑森轻敌怀遗憾，天国内乱失乾坤。
古城无言河水流，大树有声墙草奋。
良策在心岂神定?金陵悲歌意蕴深。

2014 年 6 月 13 日

参观下关滨江风光带

丁兹盛世江风清，恒久为民孺子情。
才思化作锦绣图，张扬新潮融古韵。
铭写城史岁峥嵘，山势如龙霞光映。
有缘迎得江豚来，功泽后世留丹心。

2014 年 6 月 13 日

弘济寺怀古

千里寻父情意稠，江水脉脉一白鸥。
弘济寺空人惆怅，幕府山寂鸟啁啾。
观音门前觅车马，燕子矶头望扁舟。
程阁老院少一子，社稷有人写春秋。

注：游幕燕风景区，值父亲节，思乾隆寻父于弘济寺不遇，感慨良多，因以赋诗。

2014 年 6 月 14 日

月　下

又见月团圞，银辉洒庭院。
鹏举绕阶行，雨村思红颜。
古今一轮月，悲喜两重天。
清光共情丝，幽谷听心泉。

2014 年 6 月 15 日

游幕燕观音阁遇雨

江远看云起，林密听雨声。
蜻蜓犹翩跹，山色益空蒙。
花草添新彩，亭阁去旧尘。
性悟音可观，佛是过来人。

2014 年 6 月 21 日

咏浦口老火车站

寂寞站台发野花，静默梧桐鸟雀哗。
背影已逝父恩深，荷塘犹在月色佳。
长笛声声启征程，壮志拳拳走天涯。
悲欢离合恨无情，百年风云一幅画。

2014 年 6 月 29 日

再访济南

一别济南十三载,时届盛夏率队来。
碧荷红花含风韵,垂杨挺竹显姿采。
大舜躬耕史悠长,名泉突涌势慷慨。
山湖依旧鬓发摧,夕阳金辉映楼台。

2014 年 7 月 3 日

夜游大明湖

大明湖畔人如织,歌声飞扬展舞姿。
微风清爽伴荷香,灯火阑珊映涟漪。
稚子水边捕鱼虾,过客路旁看稀奇。
其乐融融民康泰,垂杨依依清泉起。

2014 年 7 月 3 日

趵突泉

泉涌潭清映垂杨，鱼欢人乐增夏光。
源深明目无纤尘，水洁洗心有担当。
江山沧桑伤往事，人生跌宕恨无常。
过客何须多感慨，白云悠悠薰风荡。

2014 年 7 月 5 日

游幕燕风景区

金陵风光冠神州，尤爱幕燕逍遥游。
文深史长燕子矶，神隽韵永八卦洲。
山风劲吹清杂念，江水浩荡洗尘垢。
化龙丽地何须寻，夹骡峰顶白云悠。

2014 年 7 月 6 日

七七全民抗战七十七周年有感

法桐荫浓蝉声长,追忆往事泪沾裳。
卢沟桥头吼雄狮,金陵城上腾火光。
弯月光昧照残垣,昏鸦声咽啼屠场。
国耻铭心当奋发,乌云翻卷红旗扬。

2014 年 7 月 7 日

忆童年

七月蝉鸣韵悠长,蝴蝶双双觅芬芳。
冉冉树荫起风轻,孜孜少年求知忙。
浩气凌云笑燕雀,豪情满怀筑梦想。
一篇文章方读罢,田野金黄木披霜。

2014 年 7 月 9 日

忆　昔(二章)

一

年长方知贵时光，几番触景生感伤。
湖水澹澹忆童年，白云悠悠思故乡。
绿秧郁郁映田野，赤日炎炎晒谷场。
更思夜空萤火舞，池塘草长蛙声扬。

二

树如华盖透绿光，夏日悠悠蝉声长。
农夫挥汗打谷勤，老牛摇尾嚼草忙。
蜻蜓舞空映蓝天，稚子戏水翻白浪。
忆昔思今叹富有，何事吟余忽惆怅？

2014 年 7 月 9 日

悼王建中兄

暴雨倾盆满乾坤，雷声殷然震古城。
哀思一片随风去，悲泪两行顺颊滚。
音容笑貌记犹新，山高水长看未真。
田园绿起君不见，来年春风绕新坟。

注：王建中于 2014 年 7 月 10 日去世，7 月 12 日火化，大雨倾盆。

2014 年 7 月 12 日

咏鼓楼

鼓声震天伴霞飞，钟山巍然映湖水。
城墙三重拱皇权，勇士一彪壮国威。
几番响惊边关月，数次激扬沙场灰。
湮灭身随大明去，曾几何时又清碑？

注：南京鼓楼建于明洪武十五年(1382)，乃当年击鼓报时的场所，为全城百姓昼夜报时，有时也用作迎王、接诏书等大庆，堪称明代首都之象征。清军入关后，鼓楼只遗留下城阙，直到康熙皇帝南巡时，在此登临四望，地方官才在鼓楼基座上树碑建楼，并更名为“碑楼”，故而鼓楼有“明鼓清碑”之称。

2014 年 7 月 14 日

咏河西

高楼群起接云霄，不见沙洲萋萋草。
会议厅奇梦幻萦，双子塔雄白云绕。
一龙潜越扬子江，九骏欲奔慧眼桥。
青奥中轴贯南北，建邺地灵聚英豪。

2014 年 7 月 14 日

咏钟山

山如巨龙欲西冲，乘风破浪气势宏。
帝宅惊天诸葛叹，风雨摧枯润之颂。
灵气孕育两文辉，紫光映带一夫勇。
魂归斯丘多伟人，不见燕雀闻寺钟。

注：两文指《文心雕龙》《昭明文选》，均分别由刘勰和昭明太子在钟山酝酿写出。一夫指江宁县尉蒋子文追赶强盗到钟山而死一事。

2014 年 7 月 15 日

咏麒麟门

麒麟残缺门无存，遥想当年何雄风。
荷塘花开武帝逝，云天雨飘哀乐沉。
朱皇一统天下定，城墙三重紫金春。
莫道宫阙坚又固，载舟覆舟是乾坤。

2014 年 7 月 16 日

访麒麟科技生态园(二章)

一

青龙山腾白云飞，紫峰在望古城伟。
百水河清映蒹葭，中央园秀开蔷薇。
创意无限丝絮扬，服务有情春风回。
群英荟萃展宏图，千年麒麟呈祥瑞。

二

山环水绕钟灵气，伟陵映日梦依稀。
月季花香蝶纷纷，河湖波清柳依依。
心宽天阔高雄鹰，思深意远贵启迪。
借问园区欲何有?智慧生态幸福齐。

2014 年 7 月 16 日

五十二岁生日抒怀

荷花盛开七月中，知了欢唱绿荫浓。
时光匆匆两鬓衰，无为碌碌一囊空。
人生有限草木黄，江山无尽夕阳红。
不待扬鞭自奋蹄，但求无愧盛世梦。

2014 年 7 月 17 日

玄武湖古阅武台怀古

北湖苍茫汀凫飞，幕府依稀洲苇翠。
鼓擂号鸣万舸发，人呼马嘶千军随。
气冲斗牛振士气，势逼东南扬虎威。
忧患常在邦国兴，底须天堑坚无摧？

2014 年 7 月 20 日

欣然试乘宁天线轻轨列车

穿空越地入画廊，黄龙轻盈出长江。
金牛湖美迎嘉宾，茉莉花好传四方。
短笛悠悠童年梦，白帆点点青春光。
棠邑情深天路来，青山依旧映夕阳。

注：宁天列车为黄色，号称小橙，如黄龙一般。发自江边泰山新村，终至金牛湖。名歌《好一朵茉莉花》发源于金牛湖。

2014 年 7 月 22 日

无　题

夜雨不时涤乾坤，清晨鸟鸣忽又闻。
暑热消减势犹在，秋意渐生情已存。
逝亲依稀梦中语，思心怅惘窗外风。
悲欢离合古今事，不觉衣襟沾泪痕。

2014 年 7 月 25 日

甲午战争爆发一百二十周年有感

黄海呜咽起悲波，北洋水师全军没。
朝廷腐败弊病重，百姓涣散心力弱。
国势日衰金瓯缺，生计益窘川连多。
抗战八年硝烟起，河山光复人民乐。
而今双甲生感慨，耻辱不忘莫蹉跎。
凝心聚力兴中华，思危高唱义勇歌。

2014 年 7 月 25 日

咏河西和园(三章)

一

何家祠堂入新城，历经沧桑展古风。
飞檐斗拱势峥嵘，木雕青砖韵悠深。
戏台余音犹绕梁，花园残影已逐梦。
如宠金陵仙逝去，四百余年重焕神。

二

高楼林立道纵横，遥思婺源菊径村。
乡愁千缕花格窗，柔情万般木对门。

初隐深山避乱世，今现名都庆新生。
青奥四海英才聚，他年彼岸忆徽风。

三

和园赫赫与主逢，再演鸡犬识新丰。
山环水绕皖南雨，楼高路阔青奥风。
自然人文两相融，历史现实一脉承。
过客何须忆往事，长江滁潒涛声闻。

注：和园是从江西婺源迁到河西的，是明末武英殿大学士何如宠的祠堂，何如宠出身在安徽枞阳，卒于金陵。年幼好学，中进士后为官清廉，深受崇祯帝的器重，曾力保袁崇焕。现和园面积 1 300 平方米。

2014 年 7 月 26 日

赴六合公干雨后观景

一场雨罢现蓝天，风吹千里绿秧田。
草地水塘一耕牛，垂柳山村双飞燕。
放眼轻轨若梦境，回首原野似童年。
感叹太阳已过午，韶光弥贵再加鞭。

注：是日空气质量很好，又适逢宁天轻轨正式运营。

2014 年 8 月 1 日

再游高淳

又见紫薇望荷塘，稻田绿起添夏光。
蝉鸣韵深再一年，世事变幻看沧桑。

注：今到高淳，恰去年此日亦游，思一年变化，生无限感慨。

2014 年 8 月 2 日

咏　蝉

藏身泥土若许年，薰风召唤来人间。
爱恋日月惜时短，昼夜放歌情意绵。

2014 年 8 月 3 日

游新修复的愚园

古湖如镜照千秋，感叹兴衰泪自流。
仁宗桧柏随烟去，六朝松石逐势走。
蒹葭萋萋秋水碧，钟山历历春晖悠。
灵气满园谁曰愚？明月亭台一白鸥。

2014 年 8 月 6 日

初秋游幕燕偶成

江水含夏意，山风已带秋。
蝉鸣多悲切，蝶舞少忧愁。
喧嚣市城远，虚静林谷幽。
世事多沧桑，渔樵一壶酒。

2014 年 8 月 10 日

秋日漫步玄武湖

连日阴雨多惆怅，一旦云开心情朗。
蝉鸣蛐吟天籁美，枝摇叶舞金风爽。
北湖潋滟含暑气，钟山苍茫透秋光。
草木枝头常挂果，更见黄花悄然放。

2014 年 9 月 3 日

马年秋日

山谷忽飘丹桂香，始悟中秋悄然降。
曾记去年赏明月，又思今岁踏清霜。
人生匆匆多感叹，溪水潺潺少杂响。
秋风萧瑟斑鸠鸣，田园金黄白絮扬。

2014 年 9 月 5 日

甲午中秋

金雨濯中秋，清风荡山河。
黄叶蝴蝶舞，涧泉大地歌。
桂花飘幽香，游子叹离愁。
岂恨月不见？银辉心中留。

2014 年 9 月 8 日

秋日有感

时届中秋天气爽，吟蛩纵情日夜唱。
残荷犹可听雨声，新桂正宜闻风香。
情思一缕随云飘，热情万丈逐浪扬。
谁言秋日多寂寥，更信金秋胜春光。

2014 年 9 月 9 日

教师节有感

尊师重教行中华，苜蓿生涯成旧话。
拔苗可怜父母心，涨价堪疑产业化。
办学当应效行知，教书尤须学斯霞。
桃李满园多芬芳，红烛情深照万家。

注：苜蓿生涯，形容过去塾师的清苦生活。

2014 年 9 月 10 日

甲午吟秋

今岁入秋多雨阴，寒蝉不闻促织吟。
已觉山林飘黄叶，更见池塘熟红菱。
桂香浮动月朦胧，思情悠扬风微轻。
忽忆古今英雄事，鬓皤岂忘扶青萍？

2014 年 9 月 11 日

甲午秋日游幕燕

秋到幕燕风光好，江天相应气势豪。
雄鹰翱翔志远大，粉蝶逍遥情萦绕。
一水东逝忆往事，五马北来思六朝。
芦苇花放静无言，兴衰几多问渔樵。

2014 年 9 月 13 日

扫叶楼怀古

扫叶楼前黄叶飘，黛瓦白墙竹枝摇。
悲情入画思龚贤，腐败成风恨明朝。
国破暗抛游子泪，家毁犹怜荒郊草。
而今正值金风起，扫除残叶山更好。

2014 年 9 月 14 日

游乌龙潭公园

金秋再游乌龙潭，遥忆往事意阑珊。
水秀携子荡画舟，字雄同妻赞老颜。
楼台婷婷景尚在，岁月匆匆鬓已斑。
放生池中龟栖莲，天人和谐须积善。

2014 年 9 月 14 日

秋日玄武湖

玄湖秋风起波浪，钟山晴云现苍莽。
寒蝉犹觉时光贵，声伴落叶尽情唱。

2014 年 9 月 15 日

甲午秋日偶成

秋到金陵多肃爽，暑热渐消人欢畅。
白云逍遥风吹衣，竹枝摇曳雨敲窗。
山野一片林尚绿，田原万顷稻始黄。
果实累累孕生机，寰宇岁岁有秋光。

2014 年 9 月 16 日

咏樱花树

当日花放报春早，今朝叶落晓秋到。
众木皆醉君独醒，审时度势何逍遥。

2014 年 9 月 17 日

秋日吟

风轻桂花香，雨柔蛐声扬。
草木含秋意，山水恋夏光。
柿树果初红，水稻穗灌浆。
天道恒酬勤，丰收乐未央。

2014 年 9 月 18 日

甲午秋日再游瘦西湖

蓝天白云飘，维扬秋色好。
静坐听鸟音，闲游观古桥。
朦胧年少游，烟云柳丝摇。
亭台朱颜改，梦想犹未消。

2014 年 9 月 20 日

忆 春

绿林深处有人家,暮春三月鸟雀哗。
清溪欢快石涧跳,春风随心山野画。

2014 年 9 月 28 日

夜雨吟

电闪雷鸣雨倾盆,天公抖擞扫乾坤。
挺竹劲松立昂昂,残花败叶落纷纷。

2014 年 9 月 28 日

徐州怀古

楚风汉韵留华章,刀光剑影尘土扬。
衰朽延年思彭祖,贫穷逆袭慕刘邦。
大士岩雄禅音悠,放鹤亭古情意长。
彭城一曲回味深,云龙山寂映夕阳。

2014 年 10 月 5 日

游徐州云龙山

云龙山上白云飞，春意秋情品韵味。
醉卧山岩心绪扬，醒警世人磬音喟。
溪水潺潺悲泉远，芦荻萋萋愁凫违。
楚天汉风千年去，石碑犹在暗抛泪。

2014 年 10 月 5 日

登镇江北固山

早岁常闻北固山，今日登临多感叹。
金戈铁马吐豪气，柔情爱意浸浪漫。
萧衍一顾悟禅意，刘备三思惜红颜。
千古英雄浪淘尽，江山日新更无前。

2014 年 10 月 6 日

秋日伊宁

晨阳耀眼人影长，雪山逶迤闪银光。
绿穹赭壁素窗饰，蓝天白云黄杏杨。
乌孙泠月共吴楚，伊河清波历沧桑。
巷迷院深果稀疏，马蹄秋风声彷徨。

2014 年 10 月 22 日

参观霍尔果斯口岸

常望国道思口岸，今日相见叹艰难。
史久千载历岁月，地远万里越水山。
国耻碑残染红炬，三一二终铸边关。
伊河不息硝烟去，犹慕班超智与胆。

2014 年 10 月 23 日

游伊犁巩留野核桃沟

有心莫悔人来迟，秋风扫涤现虬枝。
忆昨叶茂两坡绿，望今草枯一沟紫。
天寒时闻牛犊声，日暖又见雄鹰姿。
却疑春归峡峰青，野花得意笑无知。

2014 年 10 月 26 日

谒伊宁汉家公主纪念馆

杨树叶黄秋风中，伊河水长古今同。
细君望月琶声咽，解忧立马山势雄。
战旗猎猎刀光寒，汉威震震乌云浓。
而今四海为家日，犹忆女子立奇功。

2014 年 10 月 28 日

冬日见闻

枯草连绵山坡黄,偶见野菊吐芬芳。
狗尾悠闲风中摇,何惧冬来有寒霜?

2014 年 11 月 12 日

初冬赴市委党校学习

暖阳照灵山,荒草如毛毯。
野径波菊开,岩崖蔓藤缠。
旗红映蓝天,道宽耀经典。
收获在耕耘,好钢需火炼。

2014 年 11 月 13 日

黄龙岘古运茶官道

山道弯弯路迢迢,荆棘丛生多荒草。
负茗金陵期养家,饥渴可曾饮一瓢?

2014 年 11 月 14 日

访江宁黄龙岘

山如龙舞多灵气，湖光潋滟映晨曦。
黄茅一丛白絮闲，秋枫两株红叶密。
村秀时觉茶香飘，竹幽常闻鸟雀啼。
心随风游尘世远，欲罢青萍鸣雄鸡。

2014 年 11 月 15 日

到桐庐环溪村考察村庄整治

桐庐美景昔书闻，今日始访环溪村。
清流倒映安澜桥，正气浩荡爱莲风。
千年银杏话沧桑，百世周祠续枝根。
绿色发展重生态，山清水秀合天人。

2014 年 11 月 19 日

参加“生态文明专题研讨班”结业式

风轻草木鸣，日暖疑冬尽。
飞鸟入彩图，白云出秀亭。
两周驹隙过，一生金石铭。
绿色理念长，江山何青青。

2014 年 11 月 21 日

访巴彦淖尔乌兰布和沙漠咏芦苇

风吹沙海起金波，几丛芦苇伤蹉跎。
青春曾伴绿地梦，暮年犹唱草原歌。
蓝天高阔飞白云，夕阳影长行骆驼。
本自立足碧水里，缘何痴情献大漠？

2014 年 11 月 28 日

谒西夏王陵(李元昊陵)

陵塔寂寥游人少,荆棘赤诚护墓道。
金戈铁马一世雄,冷月冰河三军豪。
浴血贺兰霸业成,占花宫阙枝叶凋。
英雄当以天下重,山岩无声悲元昊。

2014 年 11 月 29 日

访北极阁民间石器园

黄叶零落冬意浓,石器园幽诗情动。
井栏痕深清苦多,雄狮威猛繁华空。
岁月失语人来去,山石能言木枯荣。
遗迹可辨伤往事,钟山几度夕阳红。

2014 年 12 月 1 日

冬日漫步玄武湖边遥望钟山

朔风乍起洪波涌，钟山如龙独西冲。
芦苇花白伴残荷，枫树叶红映劲松。
物华尚在人渐老，韶光已逝心益空。
东篱园荒无菊采，伏枥老骥犹寻梦。

2014 年 12 月 3 日

寻玄武湖诺那塔旧影

手持旧照觅旧踪，风景不与昔时同。
佛塔映山犹能识，僧房傍湖未可用。
雪松苍翠柳依依，殿堂轩昂喜融融。
物换星移芦花飞，烟消云散金陵梦。

注:这张旧照大约拍摄于 20 世纪 30 年代，现在环境发生变化了，只能找一个大概的角度进行对比。参照物就是紫金山和诺那塔了。而僧房和湖貌已经大不相同。

2014 年 12 月 8 日

南京，必须记住今天

——写在首个国家公祭日

警报呜咽悲寒天，深祭七十七年前。
火炮万丛屠无辜，冷月一弯照残垣。
尸横郊野豺狼狂，血染江水死魂冤。
和平不是免费物，自强当应记心间。

2014 年 12 月 13 日

漫步河西南京眼步行桥

白云逍遥蓝天中，夕阳如火映水红。
一桥跨江睁慧眼，两楼射空张力弓。
常恨时疾事未竟，忽觉鬓皤心已动。
人生代代无穷已，风雪漫天看劲松。

2014 年 12 月 14 日

祝你新年好

祝你新年好,寒冬远去,春上树梢。
愿昨日的坎坷酿成醇酒,愿今天的希望化为号角。
祝你新年好,心如磐石,情似海潮。
愿雨中响起你铿锵脚步,愿风里传来你喜人捷报。
祝你新年好,峰回路转,阳光普照。
赛场边我为你呐喊,征途上我为你祈祷。

2015 年 1 月 1 日

祝福你,朋友

祝福你,朋友!
看春意盎然,梅开枝头。
让昨天的往事成流水,
愿未来的时光多锦绣。

祝福你,朋友!
听马蹄声远,头羊劲吼!
让所有的希望都能实现,

愿辛勤的付出如愿以酬。

祝福你，朋友！
忆兄弟情深，痛饮美酒。
让烦恼的心绪如云散，
愿坎坷的路上常携手！

祝福你，朋友！
诉肺腑之言，浓思淡愁。
让相爱的情侣成眷属，
愿幸福的家庭永长久。

祝福你，朋友！
叹千言万语，欲罢难休！
让伟大的祖国更美好，
愿我们凝心聚力共竞风流！

2015 年 1 月 2 日

午朝门怀古

残础缺壁繁华空，孝孺忠诚血迹红。
金水河清映桥影，午朝门古思秋梦。
燕雀有恨伤往事，钟山无语忆英雄。
马蹄声碎硝烟去，野花年年笑春风。

2015 年 1 月 19 日

清明扫墓

柳丝依依河边斜，一夕风雨送黄花。
火烟袅绕思故亲，音容依稀忆旧家。
往事历历恍如昨，人生匆匆渺似沙。
休教思情添惆怅，春雷一声震天涯。

2015 年 4 月 5 日

春日雨中

万紫千红春光飞，奈何风雨苦相摧。
落英缤纷径留香，新叶勃发枝带泪。
淅沥草曲惊晓梦，叮咚泉歌涨河水。
莫道春去情惘然，且待硕果伴朝晖。

2015 年 4 月 6 日

春　日

春到人间万象新，姹紫嫣红多风情。
谷幽鸟鸣二三声，天晴絮飞百千影。
暖阳普照觉衣厚，柔风轻抚知花馨。
游客争相踏青去，犹恐懈怠负美景。

2015 年 4 月 10 日

赴六合

春光勃发山河美，油菜花黄麦抽穗。
忆昔来宁无坦途，看今回乡有轻轨。
万语凝结惆怅起，百感交集思绪飞。
珍惜眼前莫轻慢，犹怀童年牧笛吹。

2015 年 4 月 11 日

春日郊外

池塘草长闻蛙鸣，黄花未凋荚已青。
小村烟消古树在，大道通达旧鸟临。
心铭骨刻乡愁深，物改人换山河新。
世事茫茫棋一局，春云淡淡春风轻。

2015 年 4 月 12 日

春日赴苏北途中偶成

春光浪漫画中游，山如绿波车似舟。
楠叶火腾增夏意，菜花金闪添锦绣。
晴空辽阔一飞鸟，清塘碧透两耕牛。
何事吟余思童年？和风杨柳情悠悠。

2015 年 4 月 16 日

赴苏北过泰州偶成

河汉纵横泛崇光，黄花漫垛透幽香。
杨柳千条浴东风，万众一心奔小康。
拱桥沧桑透古韵，华楼焕然扬新唱。
田园辽阔生意浓，红旗猎猎伴梦想。

2015 年 4 月 16 日

钟山春色

钟山春色浓，百花引蝶蜂。
草木欣欣然，山谷淡淡风。
鸣鸟穿苍翠，飞絮舞晴空。
景随步移换，情逐心悟通。

2015 年 4 月 19 日

听　雨

夜阑听雨声，风疾送暮春。
新叶当勃发，落英亦缤纷。
山溪流玄石，古木缠青藤。
春雨年年有，可怜白发生。

2015 年 4 月 19 日

山中见闻

树叶荫浓夏意生，花褪残红果初成。
心随山林穿梭鸟，耳听泉水叮咚声。
感戴春风染荒野，始悟朽木恨乾坤。
唯有天公恩浩荡，枯枝葳蕤长新藤。

2015 年 4 月 25 日

悼诗人汪国真先生

君用真情写青春，寒冬荒原起春风。
漫漫人生三味药，茫茫黑夜一盏灯。
激情奋斗出征鼓，豪气荡漾百年梦。
痛哉晨空报噩耗，阳光万道化诗魂。

2015 年 4 月 26 日

夜雨临

暮春未了热似夏，午夜将近暴雨哗。
荡涤天地扫尘埃，净化心灵种福瓜。
流水淙淙池塘涨，闪电道道穹冥划。
睡意全无闲开卷，雨声过后有鸣蛙。

2015 年 4 月 27 日

徐州行

红褪桃青挂枝头，春风伴我到徐州。
万家灯火温馨夜，一轮明月燕子楼。
美景迷茫觉时短，挚友肺腑透情柔。
人生匆匆几今夕，等闲已白少年头。

2015 年 4 月

再游琅琊山

再游琅琊心潮涌，当年壮汉已成翁。
双溪环绕醉翁亭，一路捷上碧霞宫。
山重水复志当坚，峰回路转心应空。
醉能同乐醒能文，至今犹思欧阳公。

注：18 年前与家人同游琅琊山，今日再游，感慨万千。

2015 年 5 月 9 日

醉

人生难得几回醉，浑似柳絮蓝天飞。
无拘无束逐春风，自由自在随流水。
刘邦醉剑斩白蟒，欧阳醉笔写翠微。
更有太祖巧施计，兵权且凭酒一杯。

2015 年 5 月 11 日

旗　袍(二章)

一

常与春光共徘徊,纸伞疏雨深巷来。
婀娜多姿惊飞雁,仪态万方羞花海。
妩媚朦胧有曲线,高雅依稀无怨哀。
若是东施着当年,何须效颦添光彩?

二

一片锦绣巧剪裁,显山露水婀娜态。
乐伴韶乐同翩跹,喜与春风共徘徊。
本自高雅朱门生,何曾粗朴寒窑来?
而今民众多幸福,寻常女子常穿戴。

注:《诗词世界》以"旗袍"为题征集古体诗,应征写了两章。

2015年5月16日

五月

枇杷初黄绿荫浓，椿树花臭少蜜蜂。
洁白高雅广玉兰，苍翠谦卑宝塔松。
榆杨絮飞飘白雪，石榴蕾开挂红钟。
感叹上天巧安排，夏光何曾逊春风？

2015 年 5 月 21 日

麦熟

麦浪滚滚一片黄，忆昔农忙苦时光。
童稚穿梭拾穗田，青壮协力打谷场。
号声阵阵镰飞舞，赤日炎炎汗流淌。
而今农业现代化，微风悠悠谷飘香。

2015 年 5 月 31 日

六一儿童节抒怀

童年远去两鬓衰，每逢六一多感慨。
端午将近麦穗熟，夏日已至波菊开。
晨风但愁童心灭，夕阳犹喜豪情来。
无忧无虑天地宽，愿作顽童游江海。

2015 年 6 月 1 日

晨雨即事

大雨倾盆从天降，洼地矮道成汪洋。
车似蜗牛时停顿，水如蟒蛇急流淌。
早行尚忧上班迟，轻按还嫌鸣笛响。
忽闻江上游轮覆，遥望苍天祈安康。

2015 年 6 月 2 日

访全国文明社区——江宁青龙山社区

绿荷红花一小舟，茶丛遍坡山道幽。
波菊艳丽蝶逐舞，池塘清澈鱼环游。
人勤家富心闲逸，风轻林密鸟啁啾。
更喜文明波涛涌，青龙腾飞惊神州。

2015 年 6 月 24 日

夏日时光

才赏冬日琼花扬，又见清荷吐芬芳。
人生匆匆几春秋，宇宙茫茫数沧桑。
穿雪踏泥鸿留爪，承上启下天有常。
香茶一壶品乾坤，雨打芭蕉韵悠长。

2015 年 7 月 5 日

风起江边

风起波涛涌,澎湃奔向东。
气盛逐云飞,声响伴木动。
晦明日隐现,刚柔情穷通。
古今一江水,荡涤英雄梦。

注:受"灿鸿号"台风影响,南京长江风急浪高,漫步江边,遥望蓝天,水天一色,心有所感。

2015 年 7 月 12 日

南京夏日

日午觅树荫,夜半闻虫鸣。
紫薇花已放,莲荷叶更青。
清凉山野风,悠扬古寺磬。
抛却浮华事,尘嚣我心静。

2015 年 7 月 14 日

杂 感

相逢问齿常最长，始觉白发应时光。
岁月匆匆人醒梦，世事茫茫山披霜。
少年拿云今何在，暮岁夕阳明奚往？
余生当效雁留声，秉烛达旦著文章。

2015 年 7 月 15 日

盛夏记忆

又闻枝头蝉声响，赤日依旧伴夏光。
岁月依稀童年事，情思海深父辈庄。
暑热田野捡麦穗，微风林荫读文章。
常望蓝天随白云，江山无限浩气长。

2015 年 7 月 16 日

示儿

耳聪目明精气爽，正是青春好时光。
建功立业鸿鹄天，勤学苦干萤火囊。
白驹过隙人易老，千帆竞发事莫忘。
待到高峰红旗展，群山浪涌何辉煌。

2015 年 7 月 17 日

生日有感

生日来临一岁增，苍颜白发披征尘。
道路崎岖风雪天，世事沧桑华夏梦。
深信太阳日日新，休疑命运时时困。
任重道远号角起，红旗劲舞马蹄声。

2015 年 7 月 17 日

凌霄花

雨中一只红喇叭，欲吐心声惊盛夏。
不为炫耀攀高枝，激情如火志天涯。

2015 年 8 月 9 日

吊朝根兄

噩耗传来天地悲，江水呜咽泪双垂。
音容宛在春风沐，诗书犹存金石辉。
恶犬吞日恨钟喑，好人登仙叹事违。
华佗携壶奉诏去，杏林一片鸟雀飞。

注：张朝根，六合金牛湖人，毕业于解放军第二军医大学，在新疆从戎 10 年。转业后，先后任八百人民医院院长、六合人民医院院长、六合计生委检查员等职。2015 年 8 月 12 日，因病去世。

2015 年 8 月 12 日

河 蚌

栖身淤泥不合污,坚壳柔体育珍珠。
常与河水共翩跹,化作佳肴伴豆腐。

2015 年 8 月 22 日

再游幕燕风景区

扬子涵沧桑,幕府孕乾坤。
浪涌闻江语,叶飘听秋声。
羲之人已去,兰亭字尚存。
岂能稍等闲,虚度草木春?

2015 年 10 月 5 日

金秋有感

同声欢唱花正放，饮茶青石叶初黄。
江山画展人易老，情思絮飞心难狂。
审时度势云共雾，统国计民流和浪。
风吹旧山松竹摇，夕阳如火何辉煌。

注：“同声”与“统审”谐音，“欢唱”与“换场”谐音。是日，我从南京市审计局调市统计局工作。

2015 年 10 月 18 日

重返统计有感

一别统计两度秋，再返数海博激流。
风吹叶落满山径，苇摇絮飘遍沙洲。
条分缕析探真相，此关彼联寻必由。
社稷昌盛唯一统，愿竭衰庸争上游。

2015 年 10 月 26 日

告别审计

审计两载视角新,遥看统计峰成岭。
俯视山河形和势,近察土石铁与金。
今欲告别人惆怅,明愿重逢情奋兴。
秋光伴我踏征程,夕阳火红赤子心。

注:2015 年 10 月 29 日,我正式告别审计局。

2015 年 10 月 29 日

羽法情真

（2015 年 11 月—2018 年 5 月）

祝　寿

麦浪金黄稻谷香，秋风轻柔茅絮扬。
往事依稀白云飞，旧朋音杳清波荡。
遥望东山不复识，近听土语尚能讲。
举杯邀亲意切切，唯愿老父寿无疆。

2015 年 11 月 7 日

又回河西

风景依旧时不同，垂柳无言伴秋风。
白鹭寻迹沙洲苇，碧水照影岸边松。
朝气勃发钟山秀，壮志浩然夕阳红。
登高望远指江山，风云变幻归一统。

2015 年 11 月 13 日

夜雨有感

枝摇叶落声满城，欲觅心中东篱村。
责任山重岂敢怠，秋雨夜来本唤人。

2015 年 11 月 15 日

漫步浦口码头

秋风萧瑟芦苇花，江水奔涌吴山崖。
钢轨两股追旧岁，汽笛一声翻新话。
南来北往人别离，花开叶落情牵挂。
莫忆从前天堑事，试看环球成一家。

2015 年 11 月 15 日

听李玉刚《南飞雁》有感

风雨兼程越山水，相依相伴往南飞。
平淡亦有心中梦，谁人识得爱滋味？

2015 年 11 月 21 日

秋雨漫步紫金山麓

细雨无声入钟山，光景如春未觉寒。
秋风一缕清音绕，落叶两片彩色染。
野菊怒放情激昂，红藤劲缠意阑珊。
万木亦知时光贵，尽显辉煌令人叹。

2015 年 11 月 21 日

听韩红《天亮了》

一曲哀婉动心扉，两泪潸然湿花蕾。
思情连绵愁水流，笑容依稀梦云飞。
应惜归家有怨语，休悔趋庭无鲤对。
长歌未竟东方白，残月如镰晓风吹。

2015 年 12 月 10 日

乘动车返宁

千里雾霾锁寒冬，一片麦地看朦胧。
安得劲风扫寰宇，还我澄澈明净空。

2015 年 12 月 25 日

霸王祠怀古

项祠树林鸟雀哗，似忆英雄战垓下。
一举两得迎虞姬，万虑一失送刘家。
实木有时逊空竹，忠义经常输奸诈。
纵使当年回江东，皇宫难养乌骓马。

2016 年 1 月 10 日

咏春风

浪漫春风不寂寞，
染绿了原野，唤醒了花朵。
常伴阳光弄竹影，时拨湖水谱新歌。

浪漫春风不寂寞，
带来了生机，荡出了廖廓。
化雨润物细无声，飞絮摇柳多错落。

浪漫春风不寂寞，
吹开了衣衫，拂乱了鬓发。
抚摸伤痕泪阑珊，撩起乡愁情蹉跎。

浪漫春风不寂寞，
陶醉了心情，欢乐了生活。
喜怒哀乐随人意，融为唐诗有几何？

2016 年 2 月 8 日

春风·春雨

春风带来了温馨，
春雨带来了宁静，
这美妙的春天啊，
不仅有着风和日丽的画卷，
也有着料峭的寒意。

春风带来了惆怅，
春雨带来了忧思，
这多情的春天啊，
不仅有着人面桃花的回忆，
也有着晓风残月的别离。

春风带来了激情，
春雨带来了生机，
这充满着希望的春天啊，
不仅有着对梦想的追寻，
也有着春眠鸟啼的闲情。

春天是万紫千红的春天，
春雨是润物无声的春雨，
永远难忘的是

蓝蓝的天空，
碧碧的河水，
绿绿的原野……

2016 年 2 月 11 日

游燕子矶

燕子掠水一瞬间，草木荣枯若许年。
古镇茶肆过路客，野村茅舍入空烟。
城墙已没门名响，寒桥尚在蹄声远。
历史沧桑演八卦，尤思晓庄陶实验。

注：寒桥，据《景定建安志》记载，从寒桥往南可达建康城（即今南京），往北可到长江南岸的笆斗山渡口，是当时长江南岸的一条重要通道。寒桥，这个长约 30 米、宽度和跨度都是 5 米的单拱石桥，在燕子矶被完整地存留至今。

2016 年 3 月 5 日

再到市委党校学习登灵山

又是一年春归日，和风暖阳入灵山。
道边野花情绻缱，空中云雀语婉转。
枯草丛中长新绿，旧矿基上耀经典。
理念铭心常回味，宏图绘就在实践。

2016 年 3 月 25 日

漫步北大校园

人生遗憾有几何，求学燕园成逝波。
未名湖畔多学子，博雅塔下少卢梭。
风吹碧水起涟漪，霜染青丝叹蹉跎。
觅得北大精神在，时空无碍效孟轲。

2016 年 6 月 1 日

燕园随感

未名湖畔柳如烟，博雅塔上舞飞燕。
漫步曲径仿学子，随心云空效圣贤。
一张长卷输三春，五日短训胜十年。
梦在鬓摧又何妨？真知未曾囿校园。

2016 年 6 月 1 日

北大短训返宁车上吟

高铁越田园，南北一线牵。
紫金山蔚秀，未名湖潋滟。
浏览古今学，慕效中外贤。
岂恨五日短，真意留心间。

2016 年 6 月 3 日

重听旧歌

青年听歌，雨打芭蕉，缠绵悱恻；
中年听歌，风吹湖面，心潮澎湃；
今日听歌，空谷回音，韵味悠长。

2016 年 6 月 11 日

玄武樱花大道赋

钟山麓北，玄湖畔东。肇起樱驼登山之口，终讫松谷溪水树丛。蜿蜒起伏，穿密林而越山谷，幽静宜人，入画廊而享从容。

若夫春光灿烂，飞絮漫空，鸟音婉转，野花幽香，阳光和融。独步大道，心旷神怡，遐思无穷，忧虑云消，气贯长虹。

至若夏风习习，蝉鸣荫浓，追忆蒋王，吟咏古风。遥想定林，暮鼓晨钟。而或大雨滂沱，山溪淙淙，洗心净意，发愤自重。

金秋降临，霜染枫红，清泉流淌，皓月照松。缘道登高，郁郁葱葱。寒蛩声声，乡愁浓浓。感悟人生，夕阳正红。

转瞬冬来，雪白冰冻，叶落天朗，仰看苍龙。冬练三九，白首携童,车驰人跑,鹤飞虎冲。

嗟乎,开山辟道,千秋之功。厚史深扎,文化恢弘。大道宽阔,不平不庸。季转物换,心随景动,浮生几何,来去匆匆。奋发有为,再竭衰慵。沉思静想,自由如风。

或曰:广植樱花,实与名同?

2016 年 6 月 12 日

夏日暮雨

晨雨方歇暮雨临,撑伞漫步洗尘心。
涧流突驰水浑浊,蝙蝠乱舞林幽冥。
乌云翻腾动喧嚣,钟山披纱含宁静。
欲叹夏日正当时,草丛又闻蟋蟀鸣。

2016 年 7 月 2 日

雨后江边

潦雨瀑集江面阔，波涛汹涌惊东坡。
蜀水楚流似马腾，宏声伟势如竹破。
洲楼漂浮沙鸥少，岸堤坚固看客多。
雨过绿草晶珠悬，日出鸣蝉唱欢歌。

2016 年 7 月 3 日

幕府怀古(四首)

其一　忆六朝

幕府连绵东，山势与江同。
往事如烟散，悲歌似雾笼。
五马渡天堑，双燕飞画栋。
多少亡国恨，后庭伴花红。

2016 年 6 月 25 日

其二　忆桓温

幕府连绵东，山势与江同。
朝气伴晨光，壮志凌云空。
北伐功垂成，西征势恢弘。

遗臭与流芳,后人谁能衷?

幕府连绵东,山势与江同。
春雨浸草绿,秋风染木红。
名利一生虚,悲喜两手空。
试看汉南柳,凄怆不言中。

2016 年 7 月 18 日

其三　忆达摩

幕府连绵东,山势与江同。
水涨江浩淼,雾起山朦胧。
梵音伴清泉,禅意化晨钟。
一苇北渡去,恨留夹骡峰。

2016 年 7 月 18 日

其四　咏　思

幕府连绵东,山势与江同。
我笑山喜悦,我哭江悲恸。
刀光伴剑影,失败复成功。
历史如舞台,天亮曲未终。

幕府连绵东,山势与江同。
江山留胜迹,史册载雄风。
位卑忧自弃,壮志愧才庸。
愿效风流者,追寻千年梦。

2016 年 7 月 23 日

幕府山水声

金陵美景天下闻，独爱幕府山水声。
山幽林密风轻拂，水急江远浪狂奔。
风如司马叹琵琶，浪似哪吒踏火轮。
何事古谓音可观？为存一心悟红尘。

2016 年 8 月 20 日

偶　成

赤日炎炎不觉秋，青山连绵碧水流。
彭城已留东坡梦，金陵尚怀白鹭洲。
沧海桑田天亦老，人间冷暖情难旧。
再越长江多感叹，灯火阑珊意悠悠。

2016 年 8 月 27 日

偶 感

日暮生荒烟，归鸟情缠绵。
田园含秋意，江水涤恩怨。
天地四季循，人生一瞬间。
心随白云游，常吟红豆篇。

2016 年 8 月 28 日

学余漫步灵山

时届初秋生嫩凉，谷幽草茂野虫唱。
蓦见飞鸟入画屏，遥望青山映残阳。
充电三日人不厌，饮茶一壶叶未黄。
与时俱进重创新，经典百年吐芬芳。

2016 年 8 月 30 日

咏大钟亭

身居闹市却无闻，浑如名士隐野村。
高楼林立压飞檐，嚣尘纷扰没钟声。
当年庄严显皇威，今日恬淡寻幽梦。
衰繁相续波起伏，秋风银杏望城门。

2016 年 9 月 3 日

游达摩古洞忆达摩

跨水逢羊到金陵，弘法东土传梵音。
佛祖拈花有意蕴，梁帝兴寺无禅心。
白云悠悠岩洞寒，江水滔滔芦苇青。
烟雨楼台人不见，何事蓝缕开少林？

2016 年 9 月 4 日

秋 雨

秋雨夜降临,淅沥涤尘心。
叶茂品雨声,园幽听虫鸣。
冷却火燥事,宁静驿动情。
明日秋更高,扬鞭再远行。

2016 年 9 月 6 日

咏明城墙

当年御敌高筑墙,临江面湖循山岗。
冷月城头声寂寥,暖阳街巷人熙攘。
一声战鼓威霹雳,四重城墙固金汤。
但悲燕王挥戈来,铁壁因何不坚强?

2016 年 9 月 7 日

忆四十年前之今日

曾记当年泪水飞，智慧灯灭响惊雷。
沧海茫茫有所思，忧心忡忡无能为。
报国未觉年岁幼，尽忠不顾地位卑。
忽闻鼓鸣红旗飘，华夏大地金风吹。

2016 年 9 月 9 日

游牛首山

牛首烟岚画中存，千年沧桑话乾坤。
西峰化作铁水流，东岭尚留佛火灯。
国泰民安补天阙，枝繁叶茂传禅声。
盛世重光非巧合，拈花微笑可曾闻？

2016 年 9 月 10 日

杂 感

金陵名山矿藏埋，充饥当年遭滥采。
牛首天阙成记忆，幕府雄峰变平台。
休怨贫穷无文化，应惜富裕有情怀。
青山绿水留子孙，人文历史承一脉。

2016 年 9 月 11 日

中秋抒怀

岁到中秋人亦然，鬓皤空对明月叹。
半生风霜未懈怠，一河星光已阑珊。
风起田野涌金浪，霜染枫林见红山。
星移斗转梦犹在，光浮溪流映玉盘。

2016 年 9 月 14 日

吟月并寄友人

月亮从来圆，盈亏凡眼见。
何事恨风雨？举杯伴无眠。
你赏月清辉，我读颂月篇。
婵娟未相共，友情心常牵。
试乘天宫看，光耀宇宙间。

注：是年中秋夜南京风雨不见月，而友人在外地正赏清辉。同日晚天宫二号发射，因感成诗。

2016 年 9 月 15 日

过达板山

山似蛟龙蓝海腾，云如浪花山边生。
雪峰遥望意冰寒，朋友宽慰心火温。
青黄草原黑牦牛，五彩风幡白帐篷。
天地苍凉情悲壮，丽日伴雪飘随风。

2016 年 9 月 22 日

青海祁连峨堡怀古

回首东望长安远,雪花飞舞山连绵。
道道绸光映穹庐,声声驼铃响高原。
岂恨阳关无故人?何惧西途有艰险。
今日重开新丝路,春风浩荡换人间。

2016 年 9 月 23 日

过祁连县大冬树山垭口

抬头近丽日,举手撷白云。
迈步踏山浪,豪情当雄俊。

2016 年 9 月 23 日

秋赴刚察县途中见闻

祁连山下好风光,白羊黑牛黄草场。
云朵如棉路通天,更有日晕映车窗。

2016 年 9 月 23 日

青海行感怀

五日青海行，处处见真心。
雪山兄弟意，江水友谊情。
起居关照细，寒暖问候勤。
同商统计事，共建传佳音。

2016 年 9 月 25 日

有　感

东去西往犬兔走，文山会海何日休？
出门碧空明晓月，归家灯火稀宅楼。
今日方送云中客，明朝又来海上舟。
纵使劳心鬓早衰，也记初心苦中求。

2016 年 9 月 26 日

秋　晨

风淡桂花香,叶密雨声响。
暑热藏深院,梦醒天已凉。

2016 年 9 月 29 日

再游栖霞山

栖霞美景数次游,追寻历史穷微幽。
谷林深处觅清宫,山峰极顶思秦舟。
草色绚丽远万方,梵音悠扬越千秋。
史融山水话金陵,一篇读罢已白头。

2016 年 10 月 2 日

游乌龙潭公园(二章)

一

芙蓉池水映祠堂，颜公放生德无量。
气势庄严字雄浑，秉性正义人敢当。
柳色花香情阑珊，刀光剑影世沧桑。
当年乌龟若健在，应悲往事无泪淌。

二

曹公当年游潭旁，遥看山色品荷香。
风雨翠竹听秋声，苦辣人生酿华章。
两玉爱情缘分短，一部红楼韵味长。
谁言满纸荒唐言，多少英雄哭断肠。

2016 年 10 月 3 日

游宝华山之千华古村

宝华山中藏古村，近在咫尺不相闻。
环山抱水地势好，留言传语故事真。
自然景观多灵气，明清亭台少奢风。
更与宝刹相依伴，枝繁叶茂有深根。

2016 年 10 月 4 日

游宝华山之秦淮源头怀古

秦淮河水宝华来，照红映绿洗粉黛。
水生莲花明慧眼，波扬梵音释情怀。
弘法当应济苍生，安民何须兴楼台。
可恨刀光剑影起，孤舟残月人徘徊。

2016 年 10 月 4 日

游宝华山之山龟听经

身为山龟也向善，沐浴香烟居佛山。
恒心化作听经石，佛光普照花烂漫。

2016 年 10 月 4 日

游宝华山之将军洞

宝华应幸无藏煤，幕府牛首暗抛泪。
废洞气寒多忧思，新林风细长叹喟。
煮鹤焚琴期温饱，竭泽而渔实痛悔。
至今不疑赤诚心，巨手指处红旗飞。

2016 年 10 月 4 日

闻房地产调控有感

自古以来居为本，而今房价竞升腾。
投资投机两推进，刚需改善一艰困。
即拍即涨线熔断，日开日光金满盆。
却喜新政东风吹，多措调控发强声。

2016 年 10 月 5 日

夜游幕燕风景区偶成

——时值南京首届国际灯光节

火树银花映秋山，风起天宇江水澜。
锦筝升腾带灯彩，乐园涌动伴稚欢。
穿空强光惊矶燕，动地妙音驱山岚。
本是历朝多事地，如今百姓夜休闲。

2016 年 10 月 5 日

瞻仰南京抗日航空烈士纪念馆

驭虎射日死如归，血洒长空沃花美。
中华山河哭星陨，大洋彼岸望儿回。
丰碑无言伟绩留，密林有情颂歌飞。
今日和平当珍惜，秋云几缕风微微。

2016 年 10 月 6 日

参观第十二届南京农业嘉年华

历史文化呈眼前，全靠农品巧展现。
玉米化作铠甲衣，生姜变成高山岩。
虚实相补多生机，古今兼备少缺欠。
更有宝岛好风光，何日一统心思念。

2016 年 10 月 7 日

感　遇

一夜秋风雨，满院添晨凉。
无客踏落叶，有竹摇轩窗。
桂花香正浓，愁云消未央。
心随雁南飞，采菊东篱黄。

2016 年 10 月 7 日

秋雨中访石塘互联网小镇

烟雨霏霏笼石塘,翠竹青青挂珠亮。
池塘水清映水车,稻田谷黄飘谷香。
茅舍绿色乡土村,旅游农业互联网。
自然现代两融合,料得陶令也向往。

2016 年 10 月 7 日

咏栾树

远望火团腾绿丛,近观串串红灯笼。
净化空气亦悦目,初识栾树秋风中。

2016 年 10 月 8 日

秋雨夜临

淅沥秋雨夜来临，嫩寒初起添罗衾。
风吹树木声萧瑟，心思旧山意凄清。
浊酒三杯无明月，流水一曲有知音。
莫恨秋风助秋雨，且扫落叶满山径。

2016 年 10 月 11 日

咏红叶石楠

秋来石楠发新芽，疑是绿木开红花。
又似火焰随风舞，欲燃落叶照天涯。

2016 年 10 月 11 日

傍晚街景

夜雨飘从容,落叶舞空中。
街衢放华灯,潦水映绿红。
驰车声飒飒,行人归匆匆。
尘扰忽云消,张弦渐沙松。

2016 年 10 月 13 日

随 感

树木无根不参天,溪水流淌靠山泉。
若无健康常相伴,枉有钱财万万千。

2016 年 10 月 13 日

造预算

明年工作细谋划，条分缕析持好家。
项目重实需遴选，资金求效应评价。
贴近实际有余地，均衡执行无乱花。
请君试看天与地，吐故纳新有章法。

2016 年 10 月 13 日

看河西《良栖》雕塑有感

自古良禽择木栖，而今禽多良木稀。
良莠众禽争择木，莠禽往往占先机。
枉为栋梁少勤奋，虚担重任不尽力。
忽忆千里赛马场，谁是良驹凭一比。

2016 年 10 月 14 日

偶见当年岗前裕国宾馆培训材料感怀

又见故物感叹多,往事历历恍如昨。
逸兴壮思飞云天,细雨秋风满裕国。
同枝花朵齐开放,茵席溷藩随荡堕。
莫恨苦霜染双鬓,且举杯酒读东坡。

注:茵席,草席也;溷藩,古时指厕所。

2016 年 10 月 14 日

秋天偶感

秋雨叩心房,浓荫添惆怅。
黄叶随风飘,人生苦短长。
菊花迎霜开,气度慕昂藏。
应共季节换,披卷惜时光。

2016 年 10 月 15 日

寿宴

稻浪金黄茅花白，秋阳一现温情在。
举杯祝福颂南山，挥笔抒情写东海。
蛋糕烛光藏心愿，笑语掌声显情怀。
朗日秋风年年有，年年欢聚是期待。

2016 年 10 月 16 日

咏柿子树

红果满树叶片稀，串串灯笼照天地。
秋深霜重色愈浓，自信人间有正气。

2016 年 10 月 17 日

到小花村扶贫

水网纵横阳江秋，红柿满树映小楼。
访贫问苦入农户，观情察意到村头。
一份菲薄鹅毛轻，万分爱心高山厚。
脱贫造血胜输血，愿谋良策争上游。

2016 年 10 月 17 日

夜飞桂林

一别桂林十春秋，美山美水心中留。
骆驼峰下笑沙漠，象鼻山前叹汀洲。
漂流碧波浴漓江，远眺翠微觅独秀。
而今夜飞桂林城，急盼天明仙境游。

注：2016 年 10 月公休赴桂林旅游。浴漓江是指 2006 年 8 月在桂林漂流时木排翻了，正好在碧波中游泳。

2016 年 10 月 21 日

再游象鼻山

风景依旧人不同，别桂十年一场梦。
春山飞絮茶半瓯，秋风明月酒千盅。
大象岁岁吸清流，小舟日日泛灵空。
鬓皤仍怀少年心，尘世沧桑夕阳红。

2016 年 10 月 22 日

游叠彩山

今日初游叠彩山，吟诵诗篇生感叹。
明月峰上揽白云，风洞口前舞青岚。
华夏历史辉煌在，人民江山红旗展。
层层锦绣叠成彩，神姿仙态云中唤。

2016 年 10 月 22 日

夜游两江四湖

白日观山夜赏水,湖映灯火颤巍巍。
水升水降江湖联,景遐景迩情思飞。
亭榭楼台起歌舞,岸树高塔流彩辉。
如梦如幻夜桂林,秋风未至已思归。

2016 年 10 月 22 日

游古东景区

古老东方一溪流,瀑跃三叠意未休。
涉水历险生激奋,爬山康健祛烦忧。
空谷芋叶听秋雨,挚友情浓品美酒。
桂林山水多奇观,为何钟情此小沟?

2016 年 10 月 23 日

游漓江

漓江风光美如画，山青水碧客喧哗。
迎风摇尾岸边竹，凌波振翅水中鸭。
十年风雨游故景，一条画廊叙旧话。
寻美莫言归去晚，心随白云到天涯。

2016 年 10 月 24 日

游桂林“世外桃源”

渊明笔下桃花源，如今光华竟展现。
青山环绕一村落，碧水间隔两片田。
鸭戏涟漪鸡逍遥，犬吠陌生牛悠闲。
奇石燕洞穿溪流，鲜花茅舍升炊烟。
既得清波洗尘心，更有苍翠明慧眼。
忽闻壮寨歌声起，便引诗情到云天。

2016 年 10 月 24 日

观《印象·刘三姐》

山为背景水作台，光影巧借演精彩。
火炬烛天银蛇舞，歌声惊波渔舟来。
玉簪山日勤劳作，凤尾竹月多情爱。
一曲深情刘三姐，婀娜多姿难释怀。

2016 年 10 月 24 日

游桂林芦笛岩洞

闻名遐迩芦笛岩，堪称自然艺术间。
尘世神界情演绎，禽兽花木景再现。
洞现洞隐缘战乱，声微声扬为名贤。
我今游览觅踪迹，秋山白云水涟涟。

2016 年 10 月 25 日

参观灵渠

灵渠通漓湘，媲美长城长。
祖龙挥利剑，沫若著文章。
工程巧运筹，导流费思量。
至今怀史禄，坚固留芬芳。

2016 年 10 月 26 日

灵渠感怀

渠水碧碧水草青，楼台古桥留倒影。
轻舟疑从云间过，绿树恍自梦中醒。
湘水漓流通楚越，秦风汉韵贯古今。
长城难挡铁蹄入，灵渠却融汉壮情。

2016 年 10 月 26 日

桂林购物有感

世谓消费促增长，旅游更是强中强。
关联产业普照光，核心景点带头羊。
传统工艺应珍视，特色土产当品尝。
食住行游加购娱，科学发展需考量。

2016 年 10 月 26 日

惜别桂林

难忘桂林六日行，山色怡神水洗心。
小楼密叶听秋雨，白舫碧江赏画屏。
偶感风寒身不适，常得温暖意未停。
请君莫问往后事，料得日日梦游频。

2016 年 10 月 27 日

临别吟

欲离桂林机晚点，复顾群山似宝剑。
试割愁思与离恨，大雨金秋到应天。

2016 年 10 月 27 日

秋雨之晨

秋雨连绵生嫩寒，黄叶纷飞雨声伴。
湖阔微波两白鸟，林深小径一红伞。

2016 年 10 月 28 日

回统计局一周年有感

承乏市统一周年，风霜雨雪路多艰。
荡越数海未懈怠，攀登文山已等闲。
迷雾茫茫观形势，清泉泓泓品甘甜。
莫道金风夕阳红，直指天涯再加鞭。

2016 年 10 月 29 日

参加南京十四届党代会预备会感怀

久雨天晴，秋高气爽，放飞心情。望城墙蜿蜒，湖光潋滟，芦荻摇曳，水鸟飞鸣。金风萧瑟，钟山尽染，虎踞龙盘换光景。扫落叶，喜菊花怒放，香冷味清。　代表齐聚金陵，绘蓝图，发展为人民。循五大理念，开放创新。绿色发展，协调推进。从严治党，正风肃纪，雷霆万钧烁古今。须勤勉，常宵衣旰食，如履薄冰。

2016 年 10 月 30 日

夜雨来临

久雨才放晴，日暮雨又临。
淅沥摧残荷，连绵生寒心。
金风荡天地，秋声满金陵。
惆怅莫我顾，书窗灯火明。

2016 年 10 月 30 日

贺南京市第十四次党代会召开

细雨霏霏润金原，党徽闪耀锦绣天。
秋风萧瑟扫落叶，山谷虚空听清泉。
蓝图绘就三城美，红旗指处一马先。
敢竭鄙诚尽薄力，奋蹄耕耘何须鞭？

注:“三城”是指东部地区重要中心城市，特大城市和现代化国际性人文绿都。

2016 年 10 月 31 日

购书感怀

平生爱书喜购书，每遇好书难移步。
驹光匆匆露三滴，书海茫茫水一粟。
冲刷泥沙涌激流，积淀知识立砥柱。
莫悔书多尚再购，弃购更牵心不舒。

注:中午到古籍书店购得《聊斋志异》等书。

2016 年 11 月 1 日

秋日远眺

远眺钟山如苍龙，白云相伴腾碧空。
秋风掀开新画卷，飞燕不识六朝松。

2016 年 11 月 2 日

贺中共南京市第十四次党代会圆满闭幕

阳光普照金陵秋，宏图绘就暖心头。
继往开来薪火传，求真务实壮志酬。
一个建成明目标，六个显著见身手。
统计愿当智囊库，观形察势分国忧。

注：南京市十四次党代会确定今后五年的主要目标是“一个建成、六个显著”，即高水平全面建成小康社会；产业结构显著提升、城乡面貌显著变化、生态环境显著改善、民生福祉显著增加、文化自信显著增强、党的建设显著加强。

2016 年 11 月 3 日

雾霾重来

东风一懈怠，雾霾卷土来。
蓝天不纯净，丽日无光彩。
茫茫迷津渡，暧暧失楼台。
何日擒妖魔？苍生多期待。

2016 年 11 月 7 日

立冬吟

向晚淅沥雨带寒，落叶满径秋阑珊。
立冬已觉春不远，绿墨正待染河山。

2016 年 11 月 7 日

畅 想

融入诗的意境，
走进美的画屏。
与古人唱和，
同未来交心。
湘水幽远深邃，
流淌着屈原的忧虑。
蜀山险峻雄浑，
回荡着李白的叹息。
楚天明月清风，
萦绕着苏东坡的相思。
中原金戈铁马，
回荡着岳飞的报国激情……
江水滔滔，白云悠悠，
花开花落，草黄草青。
斯人已去，硝烟散尽。
爱如一杯美酒，日渐香浓，
恨似湖面倒影，若隐若现。
我的情渗入历史，谱成乐曲，
我的泪滴入清泉，化作涟漪……

2016 年 11 月 8 日

冬　夜

冬来黑夜长，剪影映楼窗。
厉风舞黄叶，寒雨濯残香。
宁静意淡泊，愁思情彷徨。
一家一故事，三人三梦想。

2016 年 11 月 9 日

双十一吟

此日原本很平常，商家造节巧包装。
只缘数形似光棍，遂借心愿呈吉祥。
盆满钵满网商笑，囊空卡空买客爽。
须记贱沽亦贫人，理性消费勿疯狂。

2016 年 11 月 11 日

初冬游幕府

金秋未几又是冬，光景似春人从容。
山原蒙蒙落叶黄，江水瑟瑟夕阳红。
观赏画廊识新迹，追思历史寻旧踪。
莫论当年成败事，且饮杯茶听黄钟。

2016 年 11 月 12 日

看《聊斋新编之画皮新娘》感怀

邪恶外表常光鲜，厉鬼化作西门燕。
巧舌惑情留画像，毒手害人舞翩跹。
识魔须凭智加光，除妖尚靠力和剑。
不忘初心守真气，莫被浮华遮慧眼。

2016 年 11 月 13 日

三农普吟

时序逢六是农普，欲举大事明计数。
重任铭心须担当，寒风拂面不辞苦。
全面动员掀高潮，科学调查擂战鼓。
闪光数据塑丰碑，理性决策展宏图。

2016 年 11 月 14 日

超级大明月吟

幽谷鸣蛩寒花开，疏竹明月故友来。
十八年后再促膝，尘面不识心犹在。

2016 年 11 月 14 日

环保感怀

粗放发展多污染，河湖黑臭无青山。
濯濯荒川草不生，茫茫雾霾气难喘。
放眼未来筑绿道，立足根本划红线。
利益驱动诱惑大，唯有严督强监管。

2016 年 11 月 15 日

初冬登高

寒风拂初冬，残叶飘林丛。
抬眼望峰顶，挥手指苍穹。
用心探险夷，凝神思枯荣。
莫言登高晚，放歌夕阳红。

2016 年 11 月 16 日

冬夜闻雨

残叶响蹄声，夜雨惊梦魂。
绿原应无恙？明朝冬更深。

2016 年 11 月 16 日

冬　临

寒雨落大地，风吹气温低。
山山飞黄叶，家家添厚衣。
暮云冬惆怅，归鸟晚凄迷。
遥思边陲客，雪月家万里。

2016 年 11 月 17 日

初冬雨晨

休遣风雨助天寒，时序无奈秋阑珊。
风怜树木影婆娑，雨润黄叶也灿烂。

2016 年 11 月 18 日

咏冬叶

初冬凉雨起,正是赏叶时。
红黄绿色展,尖圆掌形示。
春风剪裁巧,秋霜扎染细。
明知欲飘零,更思留美丽。

2016 年 11 月 19 日

冬日枇杷树开花

自古骚客爱菊梅,迎寒怒放不胜美。
我今更赏枇杷花,苦孕甜果献人类。

2016 年 11 月 20 日

晨　雨

清晨又是细雨飘，落叶满地空枝摇。
微风拂面天未寒，黄云耀目雪将到。
新周方始情飞扬，旧岁临终事未了。
苦中作乐人匆忙，文山会海如听箫。

2016 年 11 月 21 日

小雪节气

朔风呼啸拂空林，寒意骤增黄天阴。
湖水萧瑟面皱波，山野苍凉叶覆径。
因闻今夜寒潮起，遂忧明朝飞雪侵。
山雀群舞觅食忙，梅花欲放报春信。

2016 年 11 月 22 日

飞雪初临

一场飞雪翩然来，山河换装着粉黛。
昔时朔风曾相识，当年顽童不复在。
半生光景茶未凉，几片雪花头已白。
欲披蓑笠钓寒江，又思映雪读书台。

2016 年 11 月 23 日

冬晨抒怀

天寒地冻飞鸟稀，车水马龙人拥挤。
踏雪不唯稻粱谋，披风更求平庸弃。
宏图绘就洒汗水，青史应思留足迹。
两鬓微霜又何妨？老骥伏枥梦千里。

2016 年 11 月 24 日

地铁见闻

虽说车内人拥挤，乘客却多看手机。
时有青年打呵欠，清晨何事无朝气？

2016 年 11 月 25 日

冬游玄武湖

湖光山色晴方好，雪后冬阳孕春潮。
虽有残叶风中舞，已见花朵枝头闹。
荒汀伴苇白鸥飞，枯荷映水绿萍漂。
遥望钟山龙欲腾，便引诗情到云霄。

2016 年 11 月 26 日

冬游钟山

寒冬亭午阳光暖,落叶满径飞鸟欢。
油茶花开暗香来,空林枝摇疏影散。
八方游客觅幽情,一城往事成话谈。
转眼已是夕阳红,湖水瑟瑟映钟山。

2016 年 11 月 27 日

吟统计季度培训周

首创季度培训周,提升能力是追求。
业务党建两手抓,数据分析一心谋。
磨刀不误砍柴功,读书更助益智修。
行知互动遵良训,统计也要争上游。

2016 年 11 月 28 日

冬晨等公交

企而望兮无踪影，君不来兮寒风临。
忽然三辆鱼贯入，乘客犹怨车闲清。

2016 年 11 月 29 日

接受市委巡察

政治体检很重要，巡察本为开良药。
问题导向抓整改，勤勉博得人民笑。

2016 年 11 月 30 日

望湖怀古

满眼冬光玄武湖，野鸭戏水芦苇枯。
雾蒙苍山白乳洗，风拂空林斜阳舞。
幽思萦绕叹兴亡，城墙蜿蜒连今古。
尘世难逢开口笑，阅武台上不读书。

2016 年 12 月 1 日

地铁站感怀

相逢不识辛苦同,行色匆匆走西东。
无痕谁言愧青史?水珠滴滴大河涌。

2016 年 12 月 2 日

清晨见学生上学

寒冷冬晨亦起早,一身校服双肩包。
忽见公交入站台,两臂直立作鸭跑。

2016 年 12 月 3 日

落叶与翠竹

翠竹丛旁落叶飘,大红便零竹失笑。
“瞧君一红残血泣,看我常青疏影摇。”
红叶无言意坦然,暖阳有情光普照。
叶片融入冬日泥,梦想化作春天苗。

2016 年 12 月 4 日

湖边观波

一波方平一波起，走石也时激涟漪。
皱了青松水中影，难摧挺直浩然气。

2016 年 12 月 5 日

不老村

两山如龙夹山坳，远离尘世人未老。
翠竹白墙溪水流，养得浩气冲云霄。

2016 年 12 月 8 日

冬日感怀

曾记春来绿满山，千岩万壑等闲看。
晓风拂月梦无痕，壮志凌云事有憾。
忙碌常恨一身少，倏忽未觉两鬓斑。
犹怀殷殷夏日心，不思落叶天已寒。

2016 年 12 月 9 日

幕府采石场怀古

开采遗址今尚存,青山无言石有痕。
神兽威猛借冰走,工匠辛劳凭天问。
大江扬波唱悲歌,苍穹荡风起怒尘。
多少无辜场中死,青史何曾留一文?

2016 年 12 月 11 日

读报载农民工家书感怀

一封家书满眼泪,儿行千里母心随。
不求挣得些许钱,但愿年底平安归。
温暖家园如港湾,漂泊心灵得抚慰。
未来航程多风浪,怀揣梦想不觉累。

2016 年 12 月 14 日

到东郊宾馆开会

冬雨零星天色黄，林木荣枯透花香。
翠竹拔节入云空，睢园荟英谈梦想。
聚焦服务下功夫，围绕献策上质量。
钟山本是形胜地，空谷听泉思未央。

2016 年 12 月 20 日

钟山晨吟

清晨细雨飘，山间白雾绕。
残叶怀苍翠，尘心思逍遥。
一卷难卒读，三峰易倾倒。
楼里慵懒人，林中穿梭鸟。

2016 年 12 月 21 日

过明故宫

残基映当年，沧桑一瞬间。
昔日皇禁地，今日民乐园。

2016 年 12 月 23 日

午日漫步河西

今冬入九不觉寒，樟林竹地飞鸟欢。
迁栽景物叶犹绿，原居树木枝已残。
午后沐日思献曝，公余吟诗颂南山。
心中自有天地在，风霜雨雪只等闲。

2016 年 12 月 23 日

平安夜(二章)

一

松灯迎圣诞,红绿白色焕。
店内人声沸,门前火炬闪。
情侣露意惬,商家赚盆满。
本是洋人节,逐利情也酣。

二

松灯迎圣诞,红绿白色焕。
日月光景逝,山海情思缠。
当年梅枝傲,今日竹影残。
客去星光寂,风来乐声寒。

2016 年 12 月 24 日

纪念毛主席诞辰一百二十三周年

茫茫黑夜一盏灯,指明方向照征程。
独立寒秋问大地,倾注慈爱济苍生。
红旗映空乌云散,冷眼向洋巨龙腾。
更思稻菽千重浪,公平正义融春风。

2016 年 12 月 26 日

全国统计工作会议召开

风霜雨雪又一年，再聚首都话海田。
观形察势献良策，强基固本谱新篇。
思举大事明计数，欲圆梦想重实践。
统计不是无情物，十个数字绘画卷。

2016 年 12 月 28 日

从京返宁

车行千里伴斜阳，苍山雾原林中庄。
晴雪红梅一相逢，华文才气两交响。
蓝图已展梦欲圆，赤心未改鬓将霜。
今日又吟返宁诗，光景依旧情两样。

2016 年 12 月 29 日

岁末游六合

暖阳普照棠邑冬，麦田欣欣木向荣。
往事如烟风吹去，春天又把希望种。

2016 年 12 月 31 日

元旦农普登记吟

暖阳伴春早，疏枝映梅俏。
农舍腾瑞气，田野起青苗。
十年一农普，万人千报表。
三农数在胸，杨柳春风摇。

2017 年 1 月 1 日

一瞬间

千寻万觅若许年，蓦然见你在身边。
功名利禄烟云散，安得篱笆半日闲？

2017 年 1 月 1 日

冬日空林

莫道空林赤条条，枝芽已把春讯报。
激情化作风中语，一岁春阳一寸高。

2017 年 1 月 2 日

山溪杂感

山泉潺潺水清清，底石沉叶游树影。
劝君莫污溪中水，留得清流可濯缨。

2017 年 1 月 2 日

市中心见闻

南来北往步匆匆，男女老幼各不同。
人海茫茫似平静，多少悲喜在其中。

2017 年 1 月 3 日

漫步冬林

冬林不与夏林同，疏枝横斜露峥嵘。
朔风犹怀慈悲意，留得残叶映碧空。

2017 年 1 月 3 日

游当年办公旧址感怀

亭木城墙童稚嬉，曾是当年办公地。
灯火通明为时效，数海迷茫求真谛。
壮志为统闻鸡舞，黑发入楼染霜离。
旧址重游感慨多，斜阳穿林鸟雀啼。

注：当年的办公大楼已经拆除，建成市民公园。

2017 年 1 月 3 日

雨 晨

独坐台前忆旧梦,风长风细愁煞人。
急雨敲窗起相思,欲说无语化泪痕。

2017 年 1 月 3 日

雾霾冬晨

雾失钟山飞鸟忧,霾迷明城游人愁。
树木恹恹无生气,枉有微信和高楼。

2017 年 1 月 4 日

过山林

日暮空林寒,人稀枯叶滥。
愁思萦心头,凌厉吹不散。

2017 年 1 月 10 日

到六合探病

残阳入暮云，荒烟伴愁心。
泣杖意未达，倚门人不醒。
医护急救忙，亲朋忧探频。
昨日音容在，今朝呼无应。

2017 年 1 月 11 日

忧

律转近新春，鸟啼不相闻。
山无还魂草，家有病危人。

2017 年 1 月 12 日

参加市人代会路过四方城

雾岚迷小道，深林藏鸣鸟。
朝阳照古楼，枯叶伴青草。

2017 年 1 月 13 日

冬林即事

冬阳照空林,依稀春意生。
往来成古今,山水藏爱恨。
漫忆黄册事,感叹白发人。
当年惆怅情,何事又频增?

2017 年 1 月 14 日

探病从六合返宁杂感

严冬鸟逡巡,暮山多悲韵。
已是夕阳残,何必更乌云?

2017 年 1 月 15 日

晨　感

不因鬓皤少激情,无车更觉一身轻。
春风和曦锦绣展,唐诗伴我地铁行。

2017 年 1 月 16 日

无 题

枯叶飘零浮池塘，寒风未烈心已伤。
不见知暖春江鸭，聊闻荒岭梅幽香。

2017 年 1 月 17 日

孤 松

孤松立寒冬，黑云欲撼动。
意坚多定力，侧首向狂风。

2017 年 1 月 17 日

南京地铁四号线正式开通

紫龙腾跃细雨中，通江达湖情正浓。
禅意道机共一体，时风古韵相交融。
闲暇游乐多欢愉，偏居出行亦轻松。
四三宁天线成网，莫言政民心却通。

注：四号线从仙林湖到龙江，中间带佛道名的站点较多。

2017 年 1 月 18 日

乘地铁杂感

东奔西走为稻粱，萍水相逢共一箱。
人海茫茫难再逢，拥挤是缘当忍让。

2017 年 1 月 19 日

无 题

乌云沉沉压心头，公私诸事均未休。
春风欲兴梅花香，暖意犹杳寒冰厚。
血压固高疑测具，数据已谬责算筹。
岳麓院训今何在？遥叹昌黎在潮州。

2017 年 1 月 20 日

池 塘

夕阳西下映天红，枯苇摇曳寒风中。
何日池塘春草生，飞絮扬扬共碧空。

2017 年 1 月 21 日

赶地铁感怀

统计规律正演示，一班未及班班迟。
须得奋力快节奏，方可高效不误时。

2017 年 1 月 22 日

从高淳到江宁途中

夕阳西下倒影长，寒风拂面意悲怆。
枯苇低首叶颤颤，心怀希望到梦乡。

2017 年 1 月 23 日

老干部新春团拜会

又是新春团拜时，恨无瑞雪映梅枝。
凌厉荡涤扫黄叶，白首相聚忆青丝。
一声问候两眼泪，三秋奔波千首诗。
祝语明年再共聚，灯红人欢更神怡。

2017 年 1 月 24 日

从六合回宁

夕阳暧暧云茫茫，寒风拂面心添霜。
临眺不知春何在?姑将枯色作金黄。

2017 年 1 月 24 日

忆已拆的办公楼

还景于民拆衙楼，显城露山风景秀。
未因朝夕相伴去，已将青春岁月留。
夜窗明灯影幢幢，晓风残月鸟啁啾。
诸君感叹虽各异，希望在心梦悠悠。

2017 年 1 月 24 日

春节前中午漫步河西感怀

烦忧缠心且抛弃，暖阳伴我游河西。
阔路纵横随车延，高楼林立拔地起。
红灯高挂知节近，春风轻拂报年喜。
身处涸辙也尽欢，忽闻远方杜鹃啼。

2017 年 1 月 25 日

年末地铁

年末地铁人稀清，车轮未因过节停。
载将离恨风雨去，迎来希望朝阳新。

2017 年 1 月 26 日

丙申除夕

除夕将临灯笼红，寒风轻吹街衢空。
梅花香传千里外，春阳暖入万户中。
短暇常乐身易倦，常忙短闲心难松。
猴年马月弹指去，鸡语已报机遇重。

2017 年 1 月 27 日

从六合医院返回观夕阳感怀

夕阳无奈落楼丛，群楼力挺似有用。
鲁戈难觅情惆怅，辉煌渐消晚霞红。

2017 年 1 月 28 日

亲友聚医院

阴雨霏霏罩寒冬，亲友探视心悲痛。
明日拔管情如何？泪水抛洒春风中。

2017 年 1 月 29 日

五夜闻手机报时

机主已逝机仍响，寂寞五夜报时光。
声声语音含哀思，人去物在心惆怅。

2017 年 1 月 31 日

杂　感

宇宙永恒无古今，生命短暂有阴晴。
满腹才华随烟去，一山春草逐日新。
自古多少无声死，谁曾知其人间停？
唯有文章留千秋，穿越时空对话频。

2017 年 2 月 4 日

思 念

暮色将临人惆怅，寒风拂面飞苦霜。
大地清冷苗未起，荒岭寂寥梅初放。
驾鹤西去留音容，乘鹏北来播春光。
箫声吹残天边月，往事萦心哭断肠。

2017 年 2 月 5 日

初春咏柳

宛如长发少女样，一帘幽梦别情长。
不畏严冬摧落叶，万千柔条孕春光。

2017 年 2 月 7 日

雪 临

春日来临天又寒，风吹雪花空中转。
郊原青苗已勃发，何必无情更摧残？

2017 年 2 月 8 日

梅花吟

一枝寒梅报春讯，万木朦胧草未醒。
放翁断桥伤芳尘，林逋清池看疏影。
形色动静皆入目，喜怒哀乐全在心。
客流过尽人不见，漫忆花香当年情。

2017 年 2 月 9 日

情人节

情人居然也有节，商家盆满笑不迭。
人生若如初相见，何须藉此火焰烈？

2017 年 2 月 14 日

乘舟夜游秦淮

一河灯影伴芳舟，穿古越今雾中求。
波清曾洗佳人泪，风急难摧英雄首。
文德桥边伤残月，白鹭洲前悲孤楼。
而今火树银花时，笛声吹断千年愁。

2017 年 2 月 15 日

春游钟山感怀

万木欣欣春阳暖，时有山雀穿梭欢。
风絮飘逸多沉浮，林池孤寂却恬淡。
古藤老树翻新话，高楼宽带成旧谈。
莫道鲜花独占春，枯叶也是春伙伴。

2017 年 2 月 18 日

望长江怀古

一江怒水向东流，洗涤古今情和仇。
北伐南征风雷荡，火攻水淹龙虎斗。
望断千帆离人苦，读罢万篇骚客忧。
江山如画正宜人，何事萧萧芦荻秋？

2017 年 2 月 18 日

春雨吟

细密逐春飘，绿梦萦柳条。
霏霏冰雪梦，淅淅江海潮。
魂断杏花村，情系驿外桥。
何日更用意，先润野田苗？

2017 年 2 月 20 日

春寒感怀

严寒未去春已来,大地欲醒花先开。

一旦艳阳高照时,热风吹荷思凉台。

2017 年 2 月 22 日

给和求

秋雨
染红了
热情的枫林;
枫林
却渴望
冬天的宁静。
冬雪
粉白了
宁静的山谷;
山谷
却向往
春天的生机。

春风
吹醒了
枯黄的大地；
大地却把
深情的绿色
奉献给夏天。
美丽的四季
给了我一颗浪漫的心
我却用她
思考那理性的世界！

2017 年 2 月 22 日

弃与求

抛弃吧，虚荣，
那不过是自欺欺人的牢笼！
解脱吧，烦恼，
那只是锁住内心的镣铐！
拥抱吧，春天，
那才是身躯的归宿！
追随吧，白云，
那正是心灵的依靠……

2017 年 2 月 25 日

1,2,3……

对运动员来说，
它是活力迸发的竞争号令；
对劳动者来说，
它是凝心聚力的加油号子；
对管理者来说，
它是清晰有序的决策方案；
对军人来说，
它是统一规范的铿锵步调；
而它——1,2,3
对于我——一个统计工作者来说，
是终身的探求,不懈的思考……

2017年2月25日

无　题

溪水在山谷里欢快地流淌，
她说她是蔚蓝的海洋，
飞絮在空中自由地飘荡，

她说她是深邃的思想。
而枯叶也在春风中喃喃自语，
她告诉大地
她是未来的花香……

2017年2月25日

我是一阵风

我是一阵风，
喜欢在四季徜徉。
春天吹开了塞外的冰河，
夏天送来了荷塘的清凉，
秋天染黄了江南的田野，
冬天飘来了梅岭的幽香。

我是一阵风，
有时也很癫狂，
无情吹落了花瓣和枯叶，
怒而卷起了惊天巨浪，
伤别折断了长亭杨柳的柔枝，
嬉笑吹乱了行人华丽的衣裳。

我是一阵风，
偶然吹进了你的心房，
也许拂起了浅浅涟漪，
撩起了淡淡忧伤。
也许唤醒了沉睡的记忆，
依稀见到旧时眷念的模样。

我是一阵风，
大地是我的故乡。
不要问我往哪儿去，
江海山川任我流浪。
不要赞我温馨刚毅，
也不要怨我铁石心肠。
我有我的性格，
我有我的思量！

2017 年 2 月 26 日

和×××先生诗

蟠龙昂首展雄风，春到江南诗意浓。
水映疏枝闻香梅，山展锦图看劲松。
苦霜无情染鬓发，白云有意归幽洞。
醉卧草地吟东篱，遥望寒江思笠翁。

2017 年 2 月 27 日

惜　时

岁月流逝体渐衰，心有所余力不逮。
眼花已觉读书难，腿僵更思行路快。
伏枥老骥梦千里，秉烛盲臣启万代。
奉劝少年惜时学，莫效老夫偿欠债。

2017 年 3 月 1 日

雨夜

窗外春雨潺潺，
帘内灯火阑珊。
雨轻敲打心房，
灯柔映照俏颜。
这是两个人的世界，
这是热烈的情感。
心心相印，蜜语甜言。
就这样，良宵逝去，
就这样，白发蹒跚。
时光如魔术师，
变得了幻景，
却变不了真情，
貌似平淡，
却留下感叹。

2017 年 3 月 2 日

地铁站

流动的黑色山溪，
跳跃的白色浪花。
急切的悠闲的
喜悦的惆怅的
一首交响曲；
憧憬着等待着
迎来了送走了
沧桑年华……

2017 年 3 月 3 日

野　花

寒冬已去莫徘徊，阳光不独照高台。
春风浩荡万象新，花在荒野依然开。

2017 年 3 月 4 日

笔

笔自矜写出了华丽的诗篇，
而诗人正寻找逝去的梦。

2017 年 3 月 8 日

和江兴弟诗

湖畔草木听雨声，洗心荡气净无尘。
孤独寂寂亦可享，细品苦辣笑人生。

2017 年 3 月 15 日

和江云兄诗

卧游神农湖，春雨润如酥。
炎帝草犹在，何人愿觅荼？

2017 年 3 月 16 日

清明前扫墓感怀

又见田野菜花黄，哀思萦心伤春光。
昨日音容成碑影，今朝烟火寄怀想。
飞鸿踏雪留爪印，圣贤求功著文章。
多少新坟三代后，无人辨识化大荒。

2017 年 3 月 25 日

春游钟山

随心所欲钟山游，绿色初点林梢头。
忽见一树披白雪，细辨玉兰浮荒洲。
春伴草木来无恨，风吹花瓣去有愁。
莫问登高在几时?放歌夕阳一杯酒。

2017 年 3 月 26 日

春 思

春雨涤尘心,春风拂思情。
往事如春梦,绚丽多泡影。

2017 年 3 月 30 日

再游天坛公园

细雨伴我游天坛,三十风云挥手间。
尘心淡定笑虚荣,意气勃发慕圣贤。
八方旷远祈丰登,一生坎坷悟方圆。
丹陛桥长目犹及,龙柏已倦思山原。

注:此次游天坛公园距离上次游已是 31 年。

2017 年 3 月

和江兴弟清明扫墓诗

春光轻柔桃花红，香烟袅绕灰蝶动。
草木俨然拱墓边，音容依稀伴梦中。
风吹袖揩泪不干，日思夜想心犹空。
手添新土播新愿，料得明年春更浓。

2017 年 4 月 3 日

浪淘沙·春雨感怀

春雨落钟山，玉筝轻弹。
万木欣欣色斑斓。
几片残红逐溪水，情意阑珊。
往事越千年，耕樵笑谈。
孔明驻马赞龙蟠。
成败兴衰几多梦，峰暖林寒。

2017 年 4 月 6 日

雨中香樟落叶

数片飘零似金秋，何事春来别枝头？
莫非多情爱众芳，红叶题诗雨中求。

2017 年 4 月 7 日

我漫步在芳草地上

我漫步在芳草地上，
沐浴着温暖的阳光。
鲜花散发出迷人的魅力，
白云在蓝天悠闲地飘荡。
美丽的春色，神怡心旷。

我漫步在芳草地上，
寻觅着春的诗章。
树梢萦绕着柳永别离的叹息，
山溪送来了东坡缠绵的咏唱。
深情的韵律，荡气回肠。

我漫步在芳草地上，
追寻着爱的时光。
风儿淡化了你的面容，
雨水消融了你的馨香。
心中的思念，真情流芳……

2017年4月9日

春 雨

春雨伴春寒，涨溪流花瓣。
朦胧情惆怅，料峭意阑珊。
水清因纯洁，芳香缘浪漫。
君是天涯客，泪零声声慢。

2017年4月10日

春日飞絮

草木茂盛春意浓，稚子嬉戏暖阳中。
谁人犹念冬雪美？闲撒飞絮映碧空。

2017年4月12日

参加卫生与健康大会有感

世间何物最昂贵?无乃健康居首位。
纵有财富堆似山,若无身体逝如水。
秦皇薨去江山失,飞燕难归玉盏碎。
今弘卫健新理念,人民幸福得实惠。

2017 年 4 月 12 日

人大常委会视察我履职情况

转瞬任职一载半,感奋进取不畏难。
问心无愧多坦荡,踏雪有痕未怠散。
文山重重勤为径,数海茫茫苦作帆。
功过是非足迹在,规量矩测详评判。

2017 年 4 月 12 日

河西四月天

走进绿色的宫殿，
步入清凉的世界。
鲜花自由地开放，
鸟儿悠闲地徘徊。
人类伟大的楼林，
映衬着天然的植物彩带，
远处鹧鸪的呼唤，
应和着眼前春天旋律的欢快。
一切如此精彩。
放飞心情，敞开胸怀，
尽情享受这美好的现在。
忧愁啊
不能使我抑郁，
烦恼怎能使我无奈？
我只要
心随白云，面向未来！

2017 年 4 月 14 日

暮 色

暮色悄然降临，
伴随着
田野的寂静，
树林的剪影，
天空还盘旋着几只老鹰。
墨染的世界，
河流依旧流淌，
花儿仍然娉婷。

春风又起，
吹散了白天的燥热，
带来了理性的清新，
泥土的气息，
唤起了童年的梦想，
慰藉着那颗孤寂的心。
瞧！
远处还闪烁着几颗明星……

2017 年 4 月 15 日

无 心

有时无心的告别，
竟然成为永别，
就像落花飘落溪水，
凄凄切切。
有时无心的话句，
竟然成为警句，
就像两千年前的那位举烛郢人，
字字珠玉。
无心就像一个顽皮的小孩，
几多遗憾，
也有些许精彩……

2017 年 4 月 15 日

地铁随感

陌生的面孔，
相挤在熙熙攘攘的车厢。
躲避的眼神，
掩饰着喜怒忧伤。
请记住：
也许一别便永难相见，
碧空悠悠，沧海茫茫；
也许有缘偶尔再见，
萍水相逢，死水微浪。
地铁旅程有短有长，
你有你的目标，
我有我的方向。
人生艰辛，
更应相互体谅。
小小的无意挤撞，
是有情的拥抱和敬仰，
体恤老幼，
想想自己的子女和爹娘。
愿每个人的心里铭记珍惜，
脸上写着善良，
世界洒满爱的阳光。

2017 年 4 月 18 日

当……

当暴风雨无情地摧残了盛开的鲜花，
我依然追寻春的年华。
把满地的五彩花瓣，
组成一幅幅美丽的图画。
当夕阳即将降落在地平线下，
我依然怀念那绚丽的朝霞，
把满腔的希望，
融入望不尽的辉煌天涯。
当人生已经是满头白发，
我依然相信那美丽的童话，
用那颤抖的嘶哑声音呼唤：
报效国家！

2017 年 4 月 19 日

相　信

当我匆匆地赶往拥挤的站台，
地铁恰好关门离开，
我没有失望，
因为我相信，
现代交通便利的精彩，
下班车很快就会到来。

当干燥的热风扬起田野的尘埃，
饥渴的庄稼不堪烈日的曝晒。
我没有失望，
因为我相信，
还有蔚蓝的大海，
充沛的雨水很快就会到来。

当天空布满浓浓的雾霾，
盛开的鲜花已经衰败，
我没有失望，
因为我相信，
还有科学发展理念的关怀，
青山绿水很快就会到来。

当虚伪已把真诚掩埋，
劣币狞笑着把良币淘汰。
我没有失望，
因为我相信，
还有公平正义的存在，
风清气爽的春天很快就会到来。

2017 年 4 月 20 日

也 许

娉婷是花儿的光采，
徘徊是风儿的无奈。
风儿抚摸着花的芳香，
花儿向往着春天的舞台。
芳香因风儿更加迷人，
春天因花儿多姿多彩。
也许，我的徘徊启迪了你的思索，
也许，你的追求开辟了一个新的时代。

2017 年 4 月 21 日

初 夏

日暖花慵人困乏，童梦无痕枉嗟呀。
门前小苗刚栽下，转眼枝繁鸟雀哗。
窗外乌云方飘来，挥手烟消山水佳。
莫恨平生多无为，阳光曾照井底蛙。

2017 年 4 月 22 日

五一的风

五一的风，
带着自然清新的气息，
轻拂广袤的田野，
洋溢着庄稼成熟的欣喜。

五一的风，
徜徉在山川大地，
切换春夏的美景模式，
呼唤着旅游者的踪迹。

五一的风，
伴随着温柔浪漫的晨曦，
亲吻着青春的脸庞，
激起了爱的涟漪。

五一的风，
吹落了晶莹的汗滴，
回荡着百年前芝加哥的呼声，
捍卫那劳动者的权益。

五一的风，
挥舞着鲜艳的红旗，
诠释着信仰的凝重，
传播那百折不挠的努力。

2017 年 5 月 1 日

五月的雨

你是一杯甘醇的美酒，
飘逸着花的丝丝幽香，
春的淡淡离愁。
你是一首深沉奔放的交响曲，

演奏着山河律动的音符，
夏的热忱豪迈和自由。
你描绘着墨绿的世界，金黄的田野，
洗涤着现实风尘，荒凉的沙洲，
张扬着矢志不渝的追求。
你吟咏着唐诗宋词，
消融了历史深处，
黄土地上，
垦荒锄禾的汗滴，
杨柳岸边，
晓风残月的回首。
你是大海飞舞的精灵，
你是雪花激动的泪流。
恰似恋人深情的亲吻，
更像母亲温柔的双手。
你用梦幻般的世界，
抚慰我孤寂的心灵，
你依偎着春风，
梳理着我如麻的思绪，
点点滴滴，欲罢难休。

2017 年 5 月 4 日

麒麟门怀古

自古麒麟留美名，历史长空绕余音。
气吞山河大明梦，问鼎海洋须看今。

2017年5月6日

我的记忆

我的记忆，
是大海留下的印迹，
平整的沙滩，
曾有过潮涨潮落的磨砺。

我的记忆，
是花园散发的香气，
寂寞的黄昏，
弥漫着花开花谢的情意。

我的记忆，
是跳跃的山溪，

岁月沧桑，
沉淀下悲喜交集的天地。

我的记忆，
是梦境中的奇遇，
天亮时分，
消融了亦真亦幻的点滴。

我的记忆，
是信仰的浩气，
不忘初心，前赴后继，
忠贞不渝的坚持，
百折不挠的努力。

2017年5月7日

赴瑞金途经广昌感怀

遥忆当年广昌冬，风雪迷漫情更浓。
一声命令下吉安，十万工农随泽东。
硝烟散尽山河壮，鲜血染遍大地红。
今寻清流濯尘心，敢竭鄙诚中国梦。

2017年5月21日

啊，瑞金！

你是共和国成长的摇篮，
一轮朝阳，
把黑暗贫瘠的大地照亮。
你是百折不挠的艰苦探索，
一声呼唤，
在历史峡谷久久回响。

远去了炮火硝烟，
饱经了凄风苦霜，
你那颗不变的初心，
依然闪烁着祥瑞金色的光芒。
这是一片燃烧着激情的原野啊，
绿树覆盖着的红色土地，
那是你火红的胸膛。
这是一群敢于牺牲的热血男儿啊，
暴雨冲刷的红色溪流，
那是你的血液在无怨地流淌。
前赴后继，英勇顽强
——这就是信仰的力量。

我怀着崇敬的心情寻觅足迹，

仿佛听到先辈的叮咛,
语重心长:不忘初心啊,同志!
坚定理想,不要彷徨。
继续前进吧,朋友!
我们的事业,万古流芳……

2017 年 5 月 21 日

参观瑞金

古樟旧屋忆先辈,红旗漫卷听惊雷。
挥臂志壮江北上,回首情柔雁南飞。
春去春来花犹发,月缺月圆人不归。
而今朝阳映楼林,却思沙洲红井水。

2017 年 5 月 22 日

咏华屋红军林

硝烟弥漫号角吹，残阳如血映江水。
蛤蟆岭上初心植，暴风雨中雏鹰飞。
路艰乡远勇士壮，夜阑月寒幼松悲。
花谢花开山河改，苍翠依旧望人归。

注：江西省瑞金市叶坪乡黄沙村华屋的后山，当地人称“蛤蟆岭”。80 多年前，一群即将离家参加长征的小伙子在这里种下了 17 棵青松。为了革命，他们都献出了宝贵的生命。

2017 年 5 月 23 日

红井感怀

一眼红井通泉源，黎民疾苦记心间。
万千尘世人已去，八十沧桑水犹甜。
白发涕零说往事，青衫石铭践路线。
珠小也折七彩光，脚踏实地休空言。

2017 年 5 月 23 日

夜　雨

五夜雷霆惊梦魂，樟枝竹叶听雨声。
好似万马奔沙场，疑是千军战秋风。

2017 年 5 月 23 日

参观古田会议旧址和才溪调查地

穿山接翠路平坦，风驰电掣云雾间。
俯瞰村楼绿林里，仰视山脉白云边。
茎扎荷开访才溪，风起雨飘瞻古田。
同频共振为民情，实事求是谱新篇。

2017 年 5 月 24 日

信 仰

无论是幸福蜜甜，
还是苦涩艰险，
既然选择了这个目标，
便要风雨兼程
勇往直前。
无论是鲜花掌声，
还是荆棘纵横，
既然认定了这个方向，
便要宠辱不惊，
守望纯真。
无论是康庄大道，
还是独木小桥，
既然选择了这条路径，
便要勇敢坚定，
步步走好。
没有比心更大的天地，
也没有比信仰更强的心。

2017 年 5 月 24 日

傍晚瞻仰红都遗址

古樟静立鸟雀哗,青山依旧映彩霞。
旧迹犹在人已去,老歌再唱泪还下。
绿田苗壮农家梦,红井水甘乡间话。
星火燎原路何在?拨开迷雾重调查。

2017 年 5 月 25 日

访毛泽东长冈乡调查地

穿山越水访长冈,寻踪觅迹细思量。
悉知真情先交友,探究深意须到场。
分配土地金银策,动员人民铜铁墙。
科学决断魂何在?红都调查闪金光。

2017 年 5 月 25 日

瞻仰云石山长征出发地

云石山上古寺幽，感叹悲壮泪双流。
风卷红旗硝烟起，雨打黄叶长龙走。
桑梓朦胧几回眸，白发依稀犹挥手。
多少无名征战死，一十五载苦望守。

2017 年 5 月 26 日

傍晚漫步院外

草塘蛙鸣伴蛐声，一低一扬浑天成。
劝君留得原态地，踪迹可寻悟纯真。

2017 年 5 月 26 日

我来了,我走了……

我来了,山间弥漫着云雾,
我走了,天空布满了彩霞。
这陌生而又熟悉的红土地啊,
在我的世界,
增添了几丝牵挂。

我来了,融入历史画卷,
我走了,洗去现实风沙。
这亲切而又坚定的呼唤啊,
在我的荒野,
叫醒了数朵的红花。

我来了,伴随着苍颜白发,
我走了,追寻着青春年华。
这庄严而又愉悦的洗涤啊,
在我的心灵,
构筑了精神之家。

忘记了来路,就是没有源头的水流,
迷失了方向,就是没有色彩的图画。

2017 年 5 月 26 日

参观瑞金怀想

古樟依旧偎故居，血染地红人已去。
风声疑为梦里情，泪花也是心中语。
青丝北望空染霜，岭松昂立常沐雨。
满山苍翠赣南夏，五星闪耀泣老妪。

2017 年 5 月 26 日

蝶恋花·夕游瑞金感怀

旧屋古樟融晚照，鸟雀喧哗，岚起游人少。
寻探当年征战道，红岩犹在行踪杳。

甜井高松花俊俏，浴血为民，矛对重重炮。
细调深查勤讨教，青山踏遍风光好。

2017 年 5 月 28 日

红军林

栽下一棵松树，
播下一个心愿。
把根留在山岭，
哪怕炮火连天。
把爱植入泥土，
哪怕千难万险。
这是一群稚气未脱的少年啊，
即将奔赴那惨烈的前线。
他们相约胜利后回到村里，
幸福生活，直到永远。

出发号震荡山谷，
壮士们勇往直前。
从此餐风露宿，
经历弹雨硝烟。
双亲日夜思念，
媳妇儿望穿双眼。
终于红星照耀大地，
但是，他们全未回到村间。
身躯化作彩虹，
壮举诠释信念。

啊！
松林就在山岭，
乡亲日日抚摸思念。
也许他们从未离去，
葱郁岁岁年年。
风儿拂过枝梢，
那是他们的万语千言。
阳光透过绿叶，
那是他们写下的思情点点。

如今松树高入云霄，
悲壮故事神州传遍。
我来到这片土地，
寻找力量源泉，
心灵受到震撼，
党性得到锻炼，
那条弯弯曲曲的荒草野径，
常浮现离别的画面。
我强忍着两眼泪水，
不让它滴入田园……

2017 年 5 月 28 日

夜晚漫步钟山山麓

白云如丝青冥游，山谷草塘蛙声忧。
林涛送来浩然气，镰月割断千古愁。

2017 年 5 月 28 日

到文建姐家聚会感怀

端午节前忆老叟，往事历历泪双流。
花飞果熟丰四季，人去诗在耀千秋。
炎热麦黄漫品茶，清凉粽香狂饮酒。
但悲思念无处寄，白云飘过且挥手。

2017 年 5 月 29 日

蝶恋花·端午感怀

麦浪金黄年岁午。楚水伤逝，浮落人无数。
遥忆当年悲愤处，辟芷秋兰谁能悟？
棕叶飘香杨柳舞，丹若花开，天惊龙舟鼓。
菖剑休嫌清水浴，禾苗常渴知时雨。

注：和江兴弟词，步其韵。

2017 年 5 月 31 日

地铁上

拥挤的车厢啊，
人紧贴着人，
人与人的距离是如此的近。

拥挤的人群啊，
闪烁着躲避的眼神，
人与人的距离是如此的远。

虽然乘着同一方向的车，

却有着不同的旅程。
虽然是在同一节车厢，
却是萍水相逢。
匆匆的脚步，写着各自的悲欢离合故事。
消融的背影，演绎着酸甜苦辣的人生。

2017 年 6 月 2 日

热爱生命，活得开心

如果我是夏天里的
一只蛐蛐儿，
我也要用微弱的声音
歌唱短暂的生命。
在这宁静的夜晚，
为月光送上我的一片真情。
我不去想那萧瑟的秋风
和那严冬的冰凌。
或许有一天我死了，
死得如此寂静，
这个世界没有人知道我
曾经的来临。
我的歌也随风散尽。
随风散尽啊，我的歌，

或许只有你那晚悄悄地聆听。
那就请你吧——我的亲！
为我刻下墓碑铭：
热爱生命，活得开心！

2017 年 6 月 2 日

树　荫

我是夏天烈日中的树荫，
为你带来了一片清凉。
人们争相追逐着我的脚步，
就连知了也在我的怀抱里愉快地歌唱。
转眼来到了严寒的冬天，
我仍然想着为你送来清凉。
可是为什么人们对我如此躲避？
就连风雪也要压迫着我，
伤断了我的肝肠。
那么好吧，
我索性脱去了叶子，迎来了温暖的阳光。
飞雪对我无奈，
小鸟也在枝间穿越欢唱。
啊，我终于明白了与时俱进的迷人力量。

2017 年 6 月 3 日

暴　雨

猛烈的暴雨
给黑夜泼上了一层层的墨。
而路面的积水，
却折射出霓虹灯的倒影，
给这个世界增添了朦胧的美丽。

2017 年 6 月 5 日

暴雨后烈日感怀

烈晒暴雨后，灼热使客愁。
林藏吠日犬，水潜喘月牛。
阴晴是天地，凉热同环球。
草木正勃发，飞鸟仍啁啾。

2017 年 6 月 11 日

咏　蛙

山谷草塘群蛙鸣，高歌低唱诚开心。
不虑冬雪严寒苦，且惜眼前好光景。

2017 年 6 月 11 日

咏蟾蜍

欲吃天鹅志气高，曾充石狮守破庙。
月宫陪伴嫦娥舞，三足亦能钱财捞。

注：歇后语："癞蛤蟆蹲在破庙门口——冒充石狮子。"

2017 年 6 月 11 日

贺金婚

风雨兼程五十载,枝叶茂盛鲜花开。
鹏飞南天怀闺秀,凤鸣岐山思俊才。
苦乐与共话斜阳,贫富相依笑沧海。
金牛湖畔庆金婚,钻石波光映楼台。

注:为表兄珍鹏、周鸣夫妇金婚而作。

2017 年 6 月 12 日

啊,河西!

你从长江走来,
你在沙洲崛起。
一幢幢高楼,
充盈着春天的气息。

你从历史走来,
你在现实崛起,
一幢幢高楼,

演绎着人间的奇迹。

你从梦想中走来，
你在汗水里崛起，
一幢幢高楼，
彰显着现代化的魅力。

啊，河西，
你是金陵老树上的新花，
你是南京创新发展的勃勃生机。
你秉承着古都深厚的文化底蕴，
你高扬着强富美高的鲜艳红旗。
尽管今后的道路还有无数的荆棘，
但前进的脚步，
永远是坚定有力，
所向披靡。

2017 年 6 月 17 日

遗憾的等待

——写在父亲节

总是说等忙完这一阵子，
陪老人多多地谈谈；
总是想等有空了，
带老人出去好好地看看。
但事情还没有忙完，
已经过去若干年；
整天忙忙碌碌，
似乎永无空闲。
转眼我也青丝变成白发，
仿佛只是一瞬间。
老人悄然走了，
沧海已经化作高山，
一切都已改变，
唯独剩下无法实现的心愿。
遗憾在等待中产生，
等待是遗憾的泪眼……

2017 年 6 月 18 日

艺术门槛

天上的彩虹绚丽灿烂，
不是为了获得人们的欣赏，
却使画家拍手赞叹。
草间的虫鸣清脆婉转，
不是为了获得人们的倾听，
却使音乐家流连忘返。
不要刻意追求铁骨铮铮，
你只要顺其自然，
真实描绘风雪中的梅花烂漫。
不要矫揉造作，无病呻吟，
应吐露感心动耳的真情实感。
也许高深就隐藏在简朴之间。
看似没有目的轻描淡写，
实则合乎目的情景交融，
这才是需要跨越的艺术门槛。

2017 年 6 月 19 日

黄昏散步遇雨

暮雨途中来,桥下独徘徊。
树叶水珠挂,街衢伞花开。
砌虫鸣草间,潦水覆阶台。
飞驰快递哥,烟光没衣彩。

2017 年 6 月 24 日

无　题

风雨游江湖,徙倚暮山孤。
箪瓢淡泊志,絮蓬栖遑图。
极目送鸿雁,断心醉屠苏。
羁泊天涯远,秋水弄荻芦。

注:徙倚,指徘徊,来回地走。

2017 年 6 月 25 日

夜游秦淮河

秦淮河水古今流，朱雀桥存花未休。
春残柳絮随风雨，秋浓夕阳伴孤舟。
疏竹幽窗千年恨，飞檐明月万古愁。
醉眼朦胧情惆怅，宛在唐诗宋词游。

2017 年 6 月 30 日

贺珍珠婚

露凝成珠三十载，菊园飘香金风来。
美景同游笑荆棘，满心相应筑楼台。
幸有红烛照茅檐，福及褐衣芰蒿莱。
永铭海誓话珊瑚，远山近水皆情爱。

注：为王传露、刘菊香夫妇珍珠婚而作。

2017 年 7 月 2 日

凝结在时间切片上的情思

那一刻，
北风凛冽，雪花飞舞。
我们无言徘徊在田间小路，
凝视着冰封湖面，
满腹的话儿，难以倾诉。

那一天，
细雨蒙蒙，花开叶舒。
我们挥手告别，踏着复苏的泥土。
忧郁的眼神，遥望前方弯弯曲曲的征途。

那一月，
绿荫浓浓，流水汩汩。
怅然独饮，醉卧茅庐。
听不到你美妙的歌声，
看不到你轻盈的脚步，
深情采一朵粉红的荷花，
寄托无限的思念，
眼泪化作荷叶上滚动的晶亮露珠。

那一年，
满山的红叶，遍野的金谷，
荒烟袅袅，将暮未暮。
秋虫浅吟低唱，增添了我几分孤独。
望断南飞的大雁，
未捡到一片音书，
而往事时隐时现，逐渐模糊。
唯有那天上的明月伴着我真诚的心，依然如故。

2017 年 7 月 4 日

观　荷

童年识荷池塘中，漫采荷叶充伞用。
青年赞荷课文里，出淤不染浩气浓。
中年效荷人海上，叶飘清香花色红。
而今赏荷夏景好，爱看群荷背西风。

2017 年 7 月 8 日

看图咏京荷

京城荷花多霸气，苞如椽笔苍穹指，
蓬似话筒令天下，叶承甘露泽社稷。

2017 年 7 月 9 日

偶见苘麻忆童年采籽

盛夏热不怕，午间采苘麻。
田埂荒地寻，磨盘缝间扒。
背皮已龟裂，面色似熟虾。
付出一袋劳，换得三分花。

注：小时候辛辛苦苦采得的野苘麻籽，卖给收购站，只得了三分钱。

2017 年 7 月 16 日

夏日感怀

马齿徒增五十五，徙倚夕阳望征途。
苍颜白发心犹红，篱墙茅舍情不孤。
蓬絮随风乃飘逸，潮汐伴月非踟蹰。
烛光温情寄良愿，伏枥老骥常惊鼓。

2017 年 7 月 17 日

夏晚感怀

日落远山暑热留，暮色打底绘彩楼。
身逐风起旷野阔，心随蛩鸣草丛幽。
人值中年莫悔逝，时当盛夏毋悲秋。
孤鹜飞过天无痕，曾伴红霞映汀洲。

2017 年 7 月 20 日

晚　霞

谁执巨笔绘画卷?山奇海阔腾火焰。
休恨暮色遮辉煌,明朝霞光更鲜艳。

2017 年 7 月 24 日

忆昔农村

燠蒸七月天,朱雀舞衡前。
扇摇似浇汤,水涤犹溴溷。
耕耘郁术地,收割溽暑田。
沾衣汗如雨,劳者犹未闲。

2017 年 7 月 26 日

绿　色

火热的夏季留下绿色的世界，
绿色的世界有着一颗火热的心，
要用这火热的心去追寻绿色的发展……

2017 年 8 月 13 日

秋日感怀

一场秋雨一层秋，清意凉思萦心头。
砌虫怅惘吟夏梦，轻风缠绵恋芳洲。
披轩遥思桑梓情，处庐常怀天下忧。
登高已觉重阳近，迎霞再读岳阳楼。

2017 年 8 月 16 日

温故知新

拂去灰尘温故书，辄获新意识迷途。
步移景换眼界宽，管窥斑定心智孤。
置处暖阳笑凄霜，历经凉秋知愁苦。
一样文字异样味，宛如夏冬看江湖。

2017 年 8 月 19 日

望雨中布达拉宫

雨打石阶洗灰尘，格桑花开寂无声。
事随烟波痕杳然，身磕长头心虔诚。
山麓延绵经筒转，宫顶庄严红旗升。
更思六世咏明月，为爱雪夜出后门。

2017 年 8 月 22 日

赴墨竹工卡感怀

日耀眼稞黄草青，山欲奔骏马成群。
望长空感慨万千，带不走蓝天白云。

2017 年 8 月 23 日

告别拉萨

五日西藏身尚佳，今日告别情牵挂。
尤忆蓝天映苍山，更慕白云飘天涯。
经筒旋转有虔诚，墨面长磕无浮夸。
入夜甘霖洗尘心，迷雾千里梦拉萨。

2017 年 8 月 25 日

七夕节夜练遇雨

夜雨落山道,促织鸣蒿草。
鬓发已润湿,心灵却逍遥。
人间有茅舍,苍穹无鹊桥。
秋风凉意来,林间残暑消。

2017 年 8 月 28 日

随市领导考察江阴常熟

锡苏晨昏马不停,暑热消退正秋阴。
两市服务树榜样,数企业绩见缩影。
经济发展凭谋划,结构调整靠导领。
招商引资人皆知,发展之妙在一心。

2017 年 8 月 30 日

中元节缅怀故亲

雨后山道添凉清，草间鸣虫吟不停。
一叶飘落人惆怅，万蝶飞散坟孤零。
风景依旧隔春夏，音容未远恍古今。
余悲袅袅吹难断，忽觉苦霜染双鬓。

2017 年 9 月 5 日

秋　怀

秋风巧染稻谷黄，秋雨精酿桂花香。
商陆茎红果渐紫，接骨叶青花犹旺。
心逐白云卷与舒，情随秋池消和长。
最是寒蛩惊霜露，明月疏竹弄幽窗。

2017 年 9 月 9 日

回六合感怀

秋雨落棠邑，淅沥似悲泣。
不闻老翁呼，犹见桂树立。
浮尘扬易弃，往事追难及。
离散古今恨，惜情当勉励。

2017 年 9 月 10 日

河西中央公园秋景

金风习习浮云来，秋虫唧唧闲花开。
残荷奋举擎天伞，欲挽映水众楼台。

2017 年 9 月 15 日

同学三十五周年聚会感怀

季节相同人不同，中间几多白头翁。
廿四日月二泉水，卅五春秋一家梦。
蓝天空阔风飘絮，玄岩坚实雨打松。
夕阳欲下更辉煌，满目青山情犹浓。

2017 年 9 月 16 日

秋日聚会金陵牛首山

黄叶初飞金陵秋，三十五年聚牛首。
云卷云舒话沉浮，花开花落笑去留。
登台俯瞰千家村，隔篱欲饮一杯酒。
高歌莫怨昨日醉，方归已恨意未休。

2017 年 9 月 17 日

山谷秋色

山谷秋花亦芬芳,彩蝶多情追捧忙。
更有栾飘黄花雨,留得火苗燃绿装。

2017 年 9 月 23 日

乡 愁

鬓发愈衰乡愁增,常怀炊烟鸡鸣声。
昨夜梦回松竹岗,秋雨茅庐悟人生。

2017 年 9 月 24 日

夜雨健身偶成

暴雨倾盆盆连盆,穿梭雨帘求健身。
杨柳枝垂静无言,溪流水涨动有声。
草间蛩鸣喜夜雨,陌上花放恨野藤。
回首灯火阑珊处,光景依旧足无痕。

2017 年 9 月 24 日

早晨上班会天暴雨

银帘密织雨如注，道路成河水流速。
吴越天雨涤苍翠，紫金山雾笼平楚。
匆匆犹觉迟晓鸡，急急唯恐误案牍。
且喜地铁通无碍，秋雨如诗谋粮路。

2017 年 9 月 25 日

随领导夜赴深圳考察

清秋南飞伴星光，饮茶深圳叶未黄。
火树银花情激越，云山雾海意彷徨。
高楼凌空标新异，俊才扎根创辉煌。
今日欲采他山石，攻出金陵玉篇章。

2017 年 9 月 26 日

赴深圳考察

高楼林立龙飞腾，难觅昔日小渔村。
椰风海韵话往事，创新发展看深圳。

2017 年 9 月 27 日

参观深圳创维、腾讯等企业感怀

清寥正值金陵秋，南国花木竞自由。
榕树须长姿飘逸，黄蝉花艳彩溢流。
地非槐安圆家梦，人如宗悫乘风舟。
更喜创新铸市魂，冷眼向洋看环球。

2017 年 9 月 27 日

乘船赴珠海

碧波万顷映朝晖，由深入珠水上飞。
当时已觉意惆怅，新月椰影人不寐。

2017 年 9 月 28 日

抵珠海偶成

椰风沙韵海天朗，榕树叶青根须长。
珠海渔女今犹在，不见当年金发郎。

2017 年 9 月 28 日

国庆中秋来临感怀

晨星夜月人匆忙，长节来临却惆怅。
公事未了心难释，秋风正拂花怒放。
云形雾势数海迷，叶黄露凉桂花香。
登临莫恨夕阳晚，平林漠漠孤鹰翔。

2017 年 9 月 29 日

双节漫步江边

旗红国庆日,月圆桂香时。
山绘夏雨画,江吟秋水诗。
苍穹惜新鸟,黄叶恋旧枝。
昨夜雨敲窗,声断入梦迟。

2017年10月1日

闻江兴弟游广西感怀

曾记旧岁广西游,风竹芭蕉雨情悠。
碧波如梦酿浅醉,青峰似剑割离愁。
风絮互动同蓝天,萍水相逢共画舟。
草木荣枯恨人生,秋霜未染已白头。

2017年10月1日

暮雨秋雷

暮雨涤古城，秋雷惊梦魂。
心同落叶旋，情随流水声。
疏索竹摇窗，萧瑟花零门。
红叶未映雪，缘何又望春？

2017 年 10 月 2 日

闻江兴弟访崇左军营因忆当年凭祥之行

烟雨蒙蒙掩剑峰，草木皆兵守国门。
榕须似网已织就，木瓜如雷初结成。
昔日血铸友谊关，今朝汗洒崇左城。
莫道报国鬓皤迟，有怀投笔一书生。

2017 年 10 月 3 日

临中秋感怀

山林初染正秋风，暮雨斜侵建邺城。
黄叶飘零恋故土，青苇摇曳望归人。
红蓼溪池孤鹤舞，白茅石阶寒蛩声。
莫恨长空愁云动，温情在心月一轮。

2017 年 10 月 3 日

天上月亮哪去了(打油诗)

天上月亮哪去了？乌云密布细雨飘。
人间常有不圆事，不忍清光大地照。

天上月亮哪去了？阴晴圆缺泪暗抛。
唐诗宋词难藏身，家家飞出明月调。

天上月亮哪去了？大道匆匆车辆跑。
只要心中明月在，温情浓浓不觉劳。

2017 年 10 月 4 日

秋夜怀古

山径秋雨后，林间鸣虫欢。
金柳枝难折，桓温泪暗弹。
庸人忧霜多，英雄恨日短。
踟蹰暮色浓，何处再指鞭？

2017 年 10 月 5 日

加平外甥、王庆侄来访

久雨天转晴，茅舍客光临。
相忆桑梓事，来叙根枝情。
五岳千卷说，三江一杯饮。
晚生意不迟，云飞浩气凌。

2017 年 10 月 6 日

燕子矶即事

茫乎辨山原，怅然望江天。
山似饮水马，江如绕山练。
今人漫一瞬，往事越千年。
马未化蛟龙，矶已成堂燕。

2017 年 10 月 8 日

江边闻涛

紫藤长廊闻涛声，江水悠悠觅诗魂。
秋风有情染苍翠，沙浪无意净浊混。
一羽鸣后谷留响，千帆过尽水消痕。
豪情万丈空自许，栾楠亦作火焰腾。

2017 年 10 月 8 日

秋夜山林

寂寞山林道，萧瑟秋韵扬。
不忍踏落叶，叶正别月光。

2017 年 10 月 9 日

秋　思

秋风萧瑟秋叶黄，秋雨清越秋韵长。
已觉秋意来浸心，那堪秋竹去敲窗？
昨夜一池芙蓉水，今朝满眼枯荷霜。
驿路相顾无相识，啼痕点点空断肠。

2017 年 10 月 11 日

秋日吟

人过半白满头霜，流水不竞意彷徨。
昨夜明月照松梦，今朝秋雨湿桂香。

2017 年 10 月 12 日

秋日抒怀

雨霁天空朗，风悠桂花香。
数团林带绿，几片树叶黄。
日中犹觉晒，荫下已嫌凉。
曲指光阴迫，负重道路长。

2017 年 10 月 13 日

秋　林

风拂秋林枝叶唱，深沉清越琴韵长。
数片吟罢化蝶舞，几株唱酣作波扬。
桓温折柳恨时短，丁固梦松兆运强。
林到秋季多诗意，一枯一荣有文章。

2017 年 10 月 14 日

见加拿大一枝黄花蔓延有感

秋到钟山风韵长，唐诗宋词留华章。
红枫瘦菊犹凄清，一枝黄花正窥望。

2017 年 10 月 15 日

忆写诗

不知何年诗兴起，无鱼画饼亦充饥。
平仄对仗不讲究，婉约豪放犹仔细。
小景也有大乾坤，歪诗常含正道理。
只愿宣泄心中情，岂求泣神动天地？

2017 年 10 月 15 日

阴晴之秋

今秋阴晴变化频，雨染彩图日洒金。
桂香缥缈水浸湿，枫红熳烂山衬映。
天暗风起叶奏乐，云破月来花弄影。
狗尾摇摆效拂尘，老葵无力向日倾。

2017 年 10 月 16 日

树前观山感怀

树前观山树高山，蘑菇也似凌云伞。
当今文豪光焰长，历史深处有圣贤。

2017 年 10 月 17 日

惜　时

云淡风轻人倍爽，劝君珍惜好时光。
热情夏山梦未醒，萧瑟秋林叶已黄。

2017 年 10 月 19 日

河西午日秋光

秋空映日送爽来，云姿楼影共徘徊。
盛花不吝一脉香，落叶也添三分彩。

2017 年 10 月 20 日

与妻江边小酌

秋林黄叶飞，寒水涛声碎。
两菜三杯酒，释然人已醉。

2017 年 10 月 21 日

再游玄武湖感怀

黄叶纷飞北湖秋，光景如故忆旧游。
古城红藤绘龙画，轻风苍枝话衙楼。
问心谁非酬恩客，揭面休充济世侯。
枯荷满目思映日，夕阳犹照芦苇洲。

2017 年 10 月 22 日

游河西中央公园即事

清风明月非吾有，尽情享乐即所求。
云楼华车焉独占，得能住行胜购留。
飞檐斗拱今犹在，不见当年拥据侯。
共享经济新理念，使用唯旨更自由。

2017 年 10 月 26 日

河西秋夜江边

明月如钩挂彩楼，昼短夜长近深秋。
落叶常有辉煌映，荒径亦作逍遥游。
灯火阑珊人怅惘，江水汹涌影离愁。
曲终舞罢场清廖，唯闻蒹葭吟汀洲。

2017 年 10 月 27 日

游栖霞山

层林尽染栖霞秋，天高云淡山明秀。
佛窟沧桑红藤艳，溪水涨枯黄叶愁。
林中犹存清帝墟，江面不见秦皇舟。
空谈历史书生意，高歌未竟霜满头。

2017 年 10 月 28 日

漫步北湖感怀

湖光山色曾蹉跎，劳劳只为稻粱谋。
一生苦雨博功名，万顷碧波浮台楼。
秋风时荡叶落切，雁声断鸣途归愁。
听泉读月品东西，漫卷诗书意未休。

2017 年 10 月 31 日

江兴弟生日寄怀

自幼雁影隔云天，一树四枝根相连。
重阳一日思茱萸，秋风千里共婵娟。
畴昔尘蒙忘弟诞，今朝网通书兄言。
功名浮云唯康健，读山听涛游诗篇。

2017 年 11 月 2 日

秋　风

席卷山林涛声鸣，荡扫环宇月光清。
千竿翠竹低复举，万顷绿萍起又平。
吹断寒菊香遍野，拂得离人泪满襟。
曾壮刘邦归乡势，破屋又伤杜甫心。

2017 年 11 月 3 日

听涛感怀

千里长江听涛声，古今悲欢萦汉魂。
拍岸惊心说更替，激岩动耳谈纵横。
人生沉浮鸥逐浪，世事沧桑风扬尘。
依稀湘客击中流，豪情总是一脉承。

2017 年 11 月 4 日

秋　叶

日照秋叶增艳丽，浓点浅抹正相宜。
莫道风来将飘零，残辉也要饰大地。

2017 年 11 月 4 日

草下树苗

红茅根下一株苗,柔弱宛如小嫩草。
胸中早有凌云梦,枝干未展君莫笑。

2017 年 11 月 5 日

秋　思

秋深西风烈,浮云乡思切。
已是飘零客,不忍踏落叶。

2017 年 11 月 6 日

古城金陵吟

遥知勾践筑越城,秦风汉月闻未真。
沧桑常伴兴衰语,聚散犹有悲喜声。
凌波南下功铸就,扬鞭北伐业未成。
十代辉煌烟云散,新都不识骑鹤人。

2017 年 11 月 6 日

闻一敬侄儿留学毕业寄怀

正是神州立冬日，天涯喜讯来未迟。
侄儿学成年少季，澳洲花旺春浓时。
登峰山岳笑楚天，蹈波海洋傲悉尼。
今日扬鞭再启征，一马当先擎锦旗。

2017 年 11 月 7 日

咏河西高楼

傲然柱立入云霄，太阳如球挂楼腰。
长江练绕山龙行，瞻望明清也不遥。

2017 年 11 月 7 日

秋晨上班偶成

紫气东升踏苦霜，凌云在胸不栖遑。
莫道辗转人倦怠，还奔河西沐晨光。

2017 年 11 月 9 日

午后街头

高楼林立映日光，风拂悬铃乐声扬。
街头小憩正惬意，一片落叶舞金黄。

2017 年 11 月 9 日

初冬街头

初冬枝头满眼枯，风吹落叶作蝶舞。
儿童不解萧瑟意，轻漫踩踏戏抓逐。

2017 年 11 月 16 日

初冬山中感怀

雨打冬林天初寒，暮色渐隐紫金山。
落叶昏灯萧瑟道，剪影孤亭寂寞园。
坡草枯黄鸣凄蛩，峡谷悠长腾荒烟。
遥思东篱菊正香，归乡欲耕已无田。

2017 年 11 月 16 日

游愚园感怀

曾是当年徐公园，草枯草荣几变迁。
六朝松倾峰石散，钟山云绕溪水闲。
楼台峥嵘叹权贵，文采斐然思圣贤。
烟雨夕阳今犹在，野坡茅屋说耕田。

2017 年 11 月 18 日

再游瞻园

再游瞻园忆当年,往事明灭如云烟。
旧踪难寻疑园小,新景易游恨客喧。
曾陪老父赏石奇,又携小儿逗鱼欢。
假山犹在人已非,湖水瑟瑟映苍颜。

2017 年 11 月 18 日

陪省局领导到泰山街道和南汽调研

北奔南走调研忙,实事求是乃良方。
泰山街道说责任,汽车公司谈方向。
决策重在明计数,建议犹须精思量。
身在兵位亦帅谋,数海春秋写华章。

2017 年 11 月 20 日

黄 叶

我是一片将落未落的黄叶，
没有了青的羞涩，
却有着金一般的绚丽，
雨水给了我润泽，
阳光给了我光彩，
就算是一阵风无情地把我吹落，
我也要唱起动人的歌曲，
化作飞舞的蝴蝶，
给大地带来欢快。

2017 年 11 月 23 日

游江宁织造博物馆

喧嚣城市一园林，亭台假山红楼心。
缠绵萦梦诗低唱，繁华落幕泪独零。
爱恨情仇皆人种，悲欢离合岂天定？
可叹书魂常再现，脚踏冬阳思雪芹。

2017 年 11 月 25 日

游溧水天生桥公园

名为天生非天生,一锤一钎始凿成。
热血洒崖化胭色,苦泪入波作鸣声。
石臼湖上恨离别,秦淮河边喜重逢。
南北相连越山岭,粮船涌进紫禁城。

2017 年 11 月 26 日

从溧水回宁途中偶成

夕阳西下起荒烟,犹有小村傍冬田。
遥望前方楼林立,却慕白茅山岗闲。

2017 年 11 月 26 日

冬日东郊行

冬阳和煦山林行，峡谷深处隐古亭。
灿如花开无心看，铿然叶落有情听。
九曲回廊意惆怅，三叠溪流声清新。
身在山中不识山，且伴梦幻游画景。

注：参加省局会议下榻东郊宾馆，中午散步偶成。

2017 年 11 月 28 日

晚漫步东郊宾馆

寂寞山道无人行，路灯点点生愁心。
方恨贤远夜色茫，抬头云破月正明。

2017 年 11 月 28 日

再登燕子矶

常思燕子凌波起，时隔三秋又登矶。
黄檐古碑诗文雄，苍山冬阳江天低。
千载沧桑衰草外，一城荣辱丹崖里。
幕府在望意惆怅，漠漠不见化龙地。

2017 年 12 月 2 日

游头台二台洞

台洞本是浪冲成，空空如也何须问？
只缘风流足迹在，苍岩残苇文韵深。

2017 年 12 月 2 日

再登阅江楼感怀

阅江楼上难阅江，商宅障目水如塘。
奔腾但存梦幻动，浩荡徒凭思绪扬。
紫金脉断形隐约，幕府峰残色苍茫。
却喜巨笔重描绘，古都未寒已春光。

2017 年 12 月 3 日

冬日即事

晚风渐寒知入冬，夕阳匆下山朦胧。
梦回春日添惆怅，醉闯江湖凭从容。
欲赏樱花冰雪白，却见枫叶丹血红。
沉浮何须问君平？未来当如汗青同。

2017 年 12 月 4 日

赴省委党校参加省管干部轮训班

水佐岗上冬虽寒，明灯闪耀天地宽。
创新花开新时代，改革拳击旧篱栏。
卅年探索党识深，五天轮训恨时短。
莫笑统计报国梦，远驰无忌夜阑珊。

2017 年 12 月 6 日

月夜漫步省委党校

明月微残挂高楼，路灯闪烁校园幽。
轻寒阵阵风拂面，浅恨丝丝霜染头。
香茗独品人不倦，故步自封事已休。
未效南阳躬耕客，犹思青萍射斗牛。

2017 年 12 月 6 日

随 感

曾记杨柳春风笑，惊闻路人呼称老。
百事忙碌无长技，数年奔波有小桥。
欲爬高山身已倦，思凌云空情犹豪。
遗憾本是真人生，三千弱水饮一瓢。

2017 年 12 月 7 日

寻古林寺遗址感怀

风拂冬林叹有声，千载古寺去无痕。
遥思当年香烟渺，近看彼基残枝横。
谁言繁华系一炬，应惜情缘了三生。
霜染叶红蕴戒律，尘世沧桑是经文。

2017 年 12 月 9 日

临别前夜游省委党校感怀

冬树静立校园幽，红灯绘字挂高楼。
五日深造圆旧梦，一池轻点增新愁。
理论光照道通畅，实践泉涌水长流。
身处此景人未别，却思他时更重游。

2017 年 12 月 10 日

冬　吟

冬季天寒少飞花，太阳过午便西斜。
长夜不是无情物，犹有明月照万家。

2017 年 12 月 11 日

看电影《芳华》

那时那地事平常，似曾经历却遗忘。
尘世喜有善良客，雪原恨无温暖房。
春风吹尽花飘零，秋霜染遍草凄惶。
一曲《绒花》旋律起，惆怅萦心泪暗淌。

2017 年 12 月 12 日

冬　感

日头未高已偏西，错将暮色当晨曦。
昨日杨柳拂春风，今朝残叶铺满地。

2017 年 12 月 17 日

枯　荷

朔风呼啸起波澜，枯荷摇曳意阑珊。
且把莲子植湖泥，来年早举擎天伞。

2017 年 12 月 18 日

再访高淳小花村

冬至将临未觉寒，走村入户阳江岸。
船篙轻点水画动，民宅错落村景环。
寺庙庄严情有韵，宗祠峥嵘势不凡。
风吹空林叶飘零，犹有斜阳惜孤残。

2017 年 12 月 21 日

冬至日回顾展望

古言冬至一阳生，今有阳光照寒城。
叶落深山探踪迹，鞭扬原野谋行程。
读数当知艰辛事，观景更慕开拓人。
万众奋进新时代，蜡梅怒放伴心声。

注：是日参加讨论《政府工作报告》。

2017 年 12 月 22 日

学友久别再聚感怀

冬到金陵未觉寒，灯火明灭夜阑珊。
久别重逢忆初心，旧话再提惜当年。
蝶去空留花前影，雁来难捎山外言。
霜染鬓发人犹识，风吹林啸叶已残。

2017 年 12 月 23 日

冬日漫步鱼嘴公园芦苇林

风吹絮舞叶有声，忆昔萋萋伴佳人。
曾助达摩凌波去，更献百姓度夏乘。
秋水瑟瑟沙家浜，故垒萧萧金陵城。
莫恨筑庐非栋梁，夕阳镶金自成文。

2017 年 12 月 24 日

冬赴灵山偶感

阴雨霏霏冬微寒,睡眼蒙眬望灵山。
林地枯黄落叶悲,池塘清澈积水满。
假话恐非全恶意,真情常恨少好言。
心无归宿人终倦,觅得明灯照尘寰。

2017 年 12 月 28 日

岁末杂感

忙忙碌碌又一年,心中常怀艳阳天。
棠邑春阴洒悲泪,沙洲秋爽露欢颜。
雪域高原净尘虑,南国海滨思家园。
回首风霜雨雪日,人如蓬絮事如烟。

2017 年 12 月 29 日

年末感怀

年末不寒草木苏，犹有阳光照茅庐。
穷卑莫怨三生为，富尊难免一岁除。
上下求索常怀梦，东西奔波久废书。
未敢豚蹄穰田丰，鬓皤更思惜居诸。

注：① 豚蹄穰田，比喻所花费的极少而所希望的过多。
② 居诸，日月、光阴。

2017 年 12 月 31 日

元旦随感

一元复始光景殊，东风带暖山林呼。
但使心中希望在，满眼衰黄不觉枯。

2018 年 1 月 1 日

暖冬雨临

时方二九却似春，樟松叶绿绕古城。
莫恨飞雪封田野，今冬雨润细无声。

2018 年 1 月 2 日

冬雨吟

飞雪未临雨先飘，似冬似春情逍遥。
雨打落叶声清越，化入梦中春海潮。

2018 年 1 月 2 日

冬暖乍寒

昨夜犹觉似春暖，今晨方识真冬寒。
朔风拂面人低首，山麓空林正阑干。

2018 年 1 月 3 日

雨雪夜行吟

昏灯映照雨雪舞，归车疾驰行人疏。
遥望丛楼数窗明，似闻“能饮一杯无？”

2018 年 1 月 3 日

初雪感怀

金陵迎春雪初飞，弥天盖地压翠微。
疾步踏盐勤劳者，疏枝带粉黄蜡梅。
群力不言事竟兴，孤灯未饮人已醉。
纯洁重塑新河山，心与苍茫久相违。

2018 年 1 月 4 日

南京道路积雪一夜全无感怀

昨夜大雪盖，今晨道路开。
非缘天公力，是因为民怀。

2018 年 1 月 5 日

雪

白雪翩翩舞天涯，独怜清幽梅岭花。
不恨他日和风暖，化作春溪情亦佳。

2018 年 1 月 6 日

雨中踏雪

持伞踏雪听雨声，天地苍茫净无尘。
梦回大唐情正浓，梅花数点觅诗魂。

2018 年 1 月 6 日

雪夜杂感

冬雨淅沥落雪岗，空林阑干人栖遑。
但求走好眼前路，哪怕明朝风雪狂。

2018 年 1 月 6 日

雪后见闻

雪压空林林无伤，只缘茂叶早脱光。
自古风雪摧秀木，可怜折樟犹留香。

2018 年 1 月 6 日

梦中得诗晨记之

苍茫世界一灵魂，阒寂孤独无人闻。
飞来飘去风尘里，不知何处是初根。

2018 年 1 月 7 日

冬日午后漫步河西

道路宽直无心谈，楼林高耸已熟看。
迎阳日暖人愉悦，背阴风寒意阑珊。
一身坦然赏冰雪，两脚踏实循栏杆。
归乡何须压舱石？轻舟正宜扬心帆。

2018 年 1 月 9 日

冬日乘地铁上班感怀

金陵已是冰雪寒，市民犹有地铁暖。
低头持看手机多，赤手护戴手套罕。
常见陌生无对视，偶遇熟悉有笑谈。
山高水长成咫尺，摩肩接踵却遥远。

2018 年 1 月 10 日

赴北京途中偶成

冬寒笼金陵，参会首都行。
江淮雪皑皑，燕鲁冰晶晶。
劳劳计数日，拳拳报国心。
莫怨春风迟，北国麦地青。

2018 年 1 月 11 日

在北京开会有感

寒风拂面天未春，犹有丽阳照京城。
白发勤勉谋新事，空林阑干望旧人。
文山千年探盛衰，数海万顷思纵横。
过眼云雾成笑谈，一壶浊酒慰风尘。

2018 年 1 月 12 日

参观廉政教育基地恭王府感怀

石狮依然守朱门，风拂古树闻叹声。
青史已示今日事，虚堂不见旧时人。
疯狂敛财非聚福，勤勉躬耕是养身。
柔水经寒亦冰硬，残阳虽晚映古城。

2018 年 1 月 13 日

从京返宁途中偶成

空枝衰草铺斜阳，冰封河港天苍茫。
朔风拂面意阑珊，尘事萦心人栖遑。
千里驰奔归心疾，万年穿越幽思长。
车水楼林已远去，平芜尽处有村庄。

2018 年 1 月 14 日

车到齐鲁

车到齐鲁多石山，青松如墨巧装点。
夕阳奋力映冰河，正是寒冻锁人寰。

2018 年 1 月 14 日

冬天午日感怀

有日无风天不寒，空林枝头飞鸟欢。
冰冻常凝山塘水，始信献曝非虚传。

2018 年 1 月 15 日

冬晨偶成

三九天犹暖，冬晨地不寒。
银粟如过客，光阴是旋环。
樟枝雪中折，梅花霾里看。
轻慢疑春至，北风笑衣单。

注：银粟，比喻雪花。

2018 年 1 月 17 日

南京两会召开感怀

时值大寒不觉寒，两会召开人心暖。
五年风雨发展路，一张阳光绩效单。
市强人富愿更高，水清霾消天渐蓝。
金陵已闻启征号，统计也应一马先。

2018 年 1 月 21 日

游午朝门公园

天阴欲雪人惆怅，寒风扫叶添苍凉。
遥忆明臣觐皇宫，近观冬草伴城墙。
狮存今犹闻时事，基残昔曾支殿梁。
爱恨悲喜如烟散，一声叹息泪难淌。

2018 年 1 月 24 日

夜　雪

暮色入城天未闲，雪花映灯舞翩跹。
朔风拂山林有声，尘事萦心人无言。
飞扬寻梅怀志摩，独钓寄情思宗元。
何当共围小火炉，浊酒一壶诗百篇。

2018 年 1 月 25 日

雪　晨

昨夜飞絮降世间，今晨山岭白连绵。
踏盐有声人匆忙，披粉无语花暄妍。
暴雪阻行害须避，黎民赏景梦应圆。
谁持巨笔描素画？阡陌黑条历历现。

2018 年 1 月 26 日

暴雪冰天感怀

梨花满树絮满天，三场暴雪紧相连。
银装素裹无心赏，粉路盐衢有情牵。
红旗指处通大道，汽笛声起来粮棉。
冰雪虽狂难封门，驿外民犹笑梅边。

注：三场暴雪，覆盖金陵。通路保畅，军民同心。无忧衣食，有思赏梅，市民高兴。感慨万千，歌以咏之！

2018 年 1 月 27 日

雪 日

三场暴雪显天威,白粉没足久相违。
风天凛冽银龙舞,雪地苍茫孤鹰飞。
先贤不见人梦断,后秀已起事影随。
东郭履雪思晴日,银装未脱春已归。

2018 年 1 月 28 日

冰 凌

雪后天寒冰凌长,帘垂屋檐醉梦乡。
滴泪有恨情郁结,寻梅无缘意彷徨。
凝锥示人伴剑气,化水润草映阳光。
曾作彩练当空舞,不忘初心归海洋。

2018 年 1 月 29 日

三月合一即事

三月合一世间稀，超级血蓝光景奇。
当年君领逸仙路，今朝君伴复兴计。
清民腐朽楼台顷，山河破碎风烟迷。
下个归期君再来，朗光先照新天地。

注：“三月”即超级满月、蓝月亮和月全食红月亮。上次三月合一为 1866 年 3 月，是年 11 月孙逸仙诞生。

2018 年 1 月 31 日

雪后漫步

日映白雪黑鸟飞，亭午不寒疑春回。
雪迹消融寻常事，莫恨银装化江水。

2018 年 2 月 1 日

寒天蜡梅

不畏严寒寻春光，哪怕残雪更添霜。
香冷无蝶不孤寂，疏枝横斜点金黄。

2018 年 2 月 5 日

早春即事

江亭独倚犹觉寒，暮云笼罩幕府山。
枝枯草衰点新绿，洲荒鹭孤怀旧澜。
犬年闻犬声声旺，客乡祈客户户欢。
新桃旧符事已微，心随春风到楚天。

2018 年 2 月 10 日

年末漫步河西中央公园

春晴雀喜万木苏，尘事未了一岁除。
身处城阙谋稻粱，心随山云绕茅庐。
日午锄禾闻牧笛，夜阑伏枥惊征鼓。
梅枝横斜浩然气，流水不竞笑荣枯。

2018 年 2 月 14 日

南乡一剪梅 · 新春感恩

春阳照楼台，暗香浮动梅花开。
回首白雪化溪水，寒也感怀，暖也感怀。
欲效济世才，芳华已逝鬓霜来。
凭君风雨多携手，人不徘徊，心不徘徊。

2018 年 2 月 15 日

喜迁莺·辞旧迎新

晨闻鸡,暮迎狗,
起舞意未休。春阳普照芳草洲,
浩气冲斗牛。
风雨路,锤炼处,梅香源清苦。
寄语金犬莫浪游,情系万民楼。

2018 年 2 月 16 日

临江仙·春节休暇

难得高眠谢尘事,觉来仿佛日中。长假姑且任懒慵。悄然春风轻,闲静灯笼红。

磨刀不误砍柴工,欢畅山溪情浓。草木复苏残雪融。旗扬征辔摇,争先去追梦。

2018 年 2 月 17 日

春日幕燕

十里幕燕路，一幅水彩画。
山险脉有势，江清流无涯。
空林蕴生机，巨轮载春华。
矶头晋风吹，古渡开新花。

2018 年 2 月 17 日

春节禁放爆竹感怀

节庆风尚古今殊，爆竹无声岁亦除。
留得蓝天给子孙，高悬灯笼读诗书。

2018 年 2 月 17 日

春节雨夜漫步

雨敲花伞声悠扬，道泛红绿灯影长。
严冬已逐残雪去，春寒料峭费思量。

2018 年 2 月 18 日

雨水日感怀

律转鸿钧光景殊，雁鸣春风恋江湖。
昨夜细雨弹轻乐，今朝疏枝悬莹珠。
处井常怀白云心，登峰偶疑荆棘途。
最是人生惬意事，闲品香茗漫读书。

2018年2月19日

春　感

揖别严冬听新声，郊外几多赏景人。
莫道向阳花已发，更有老枝待春风。

2018年2月20日

春夜偶成

阑珊灯彩踟蹰人，林空雾岚晚自生。
杯酒已干心无语，欲踏春草听雁声。

2018年2月21日

晨游玄武湖偶成

万物复苏喜春阳，春风推开东君窗。
楼似蜃景融山色，柳如珠帘映湖光。

2018 年 2 月 27 日

春日偶成

空林不虚鸟雀哗，枯草丛中开新花。
万里春风令正布，生机涌动势先发。

2018 年 3 月 4 日

晚练遇雨

暴雨入夜临，一日三重天。
疾风摧新花，潦水涨野田。
飘荡映灯辉，空旷惊雷电。
不恨浸衣湿，姑听交响篇。

2018 年 3 月 4 日

访审计大学贾晓峰教授

春风轻沐万象新,高山流水话真情。
同是社稷统计人,教授公仆皆为民。
只缘森林阳光谷,树干枝梢已返青。
闻君一席茅塞开,宏论灼见胜香茗。

2018 年 3 月 11 日

登南京石景山赠贾晓峰教授

春意盎然石景山,千景万画愧难言。
日沐晓峰未停步,月洒华庭岂息肩?
低山因人名声蜚,高士凭书茅庐眠。
睢园绿竹古今梦,家贫更思买邻钱。

2018 年 3 月 11 日

赏秦淮灯会

秦淮河畔赏花灯，熙攘未逢去年人。
方凭灯影说故迹，又思钟声慰前程。
红花怠意春易去，白发不勤事难成。
文德桥分一轮月，心醉丝雨逐梦魂。

2018 年 3 月 11 日

杂　感

将心比心是根本，己所不欲勿施人。
风霜四季花循序，山水千里雁凭阵。
史书昔曾责曹操，人世今犹思雷锋。
寄语天下自私客，善恶有报是红尘。

2018 年 3 月 12 日

龙抬头日感怀

抬头望天细雨飘，浩荡春风气势豪。
雨浥花香已释怀，风裁叶新不辞劳。
星空在心人敬畏，草地入梦事逍遥。
常惕等闲发亦白，眼高手低徒长啸。

注：黑格尔说："一个民族需要一群仰望星空的人，他们不只是注意自己的脚下。"康德的墓志铭上镌刻的是："位我上者灿烂星空，道德律令在我心中。"岳飞仰天长啸壮怀激烈，告诫人们："莫等闲白了少年头。"

2018 年 3 月 18 日

赏垂丝海棠

朱丹轻点，绿叶细裁，疏枝横斜，和风徐来。
妩媚依旧，芳华不改，飞禽流连，骚客徘徊。
丽日山岗，烟雨楼台，美质美韵，多姿多彩。
秦风汉云，诗情词怀，魂牵梦绕，丝垂冠戴。
叶枯叶荣，花谢花开，人无再少，一声感慨。

2018 年 3 月 19 日

漫步玄武湖

十里长堤百花开，近观远望动情怀。
柳丝如帘遮不住，湖光山色映目来。

2018 年 3 月 21 日

春日途经玄武湖偶成

搔首弄姿舞风花，移步换景悦目画。
摩肩接踵赏春人，随波逐浪戏水鸭。

2018 年 3 月 21 日

鸡鸣寺赏樱花

雪凝粉饰满枝花，缟衣轻盈舞云霞。
摩肩接踵赏灼烁，移步换景叹芳华。
身处银潮涌海角，心随春风到天涯。
莫恨玉魂化蝶飞，相思已作恒河沙。

2018 年 3 月 21 日

灯下樱花

灯下樱花分外白,素衣仙子入夜来。
妆容灼灼思何往,含情脉脉盼谁摘?
春风相逐舞霓裳,暮色依恋映楼台。
不恨花无百日好,但愿明月照冰怀。

2018 年 3 月 22 日

春　日

白练绕危楼,苍翠浸古道。
春风吹拂处,池清生柔草。
年老怀旧多,岁远牵挂少。
物是人已非,江南依然好。

2018 年 3 月 23 日

春

春风渲染着五彩缤纷
几根枯黄的衰草
凝视着身边一丛绿色的嫩苗
树上盛开的樱花
墙角几片残叶
郊外踏青的人群
山溪融化的冰雪
春雨站在云上踌躇
洒下幽怨,播下希望?

2018 年 3 月 24 日

春季参观书展

百花盛开书香飘,赏花购书人如潮。
花为书开梦秦汉,书因花展醉李桃。
他日红落生绿荫,今朝阶攀取黑袍。
孔丘茫然问量子,十里春风识舜尧。

注:阶,喻书籍,是人类进步的阶梯。黑袍,博士服的颜色。

2018 年 3 月 25 日

樟树落红

当百花盛开的时候，
你悄然落了金红的叶片，
像美丽的花瓣，
散发出一丝丝感伤的清香，
像花丛中浪漫的蝴蝶，
飘舞在割剪不断透着温柔的春风之上，
片片红叶寸寸肝肠。
是撕碎的曾经誓言？
是摇曳的热情
火一般的向往？
是对春天的留念
还是对秋天的怀想？

2018 年 3 月 27 日

梦　境

沉淀的记忆
糅杂着一幕幕的五彩缤纷
飘逸的思绪
游荡着三三两两的花仙诗魂
亦真亦幻切换着似曾相识的场景
若隐若现邂逅着心灵深处思念的人
空灵迷茫蓬絮纷纷
历古越今藤蔓纵横
欣喜的眼泪
伴随着童年愿望的实现
声声的叹息
演绎着失散的幽恨

梦醒了在辽西途中
黄莺在枝头鸣叫
繁华富贵竟是虚幻
黄粱正热气腾腾
江边弥漫着
苏东坡祭月的酒香
山野的草屋
一个人喃喃自语
是蝴蝶梦醒还是庄周入梦

2018 年 3 月 29 日

回乡扫墓偶成

和风拂柳菜花黄，清明时节扫墓忙。
孝心化作白蝴蝶，思念伴随火凤凰。
来亲触景忆先人，归燕寻踪怀旧堂。
公事缠身未亲祭，一片诚意融春光。

注：因上午临时需要出席重要会议，而未亲临墓地扫墓，只能在镇上与亲友相聚。

2018 年 3 月 31 日

紫　藤

串串紫花发冬枝，绿叶嫩藤共春时，
长廊生凉夏荫浓，常伴疾雨吟秋诗。

2018 年 4 月 1 日

无　题

昨夜春风今晨思，又见桃红柳绿时。
光景依稀忆故人，心境惆怅寻新枝。

2018 年 4 月 1 日

清明扫岳父母墓感怀

雨润山岭草木新，晚樱垂泪正清明。
微澜乍起半池墨，绿荚初成满地金。
纸火旋飞意迟迟，旧事浮动思频频。
人生百年一过客，唯有精神留汗青。

2018 年 4 月 5 日

晚　樱

雨枝伤春似泪垂，风花惜衰作蝶飞。
唯生夏绿荫行客，更染秋红映余晖。

2018 年 4 月 6 日

游幕燕牡丹园

牡丹花开春光来，香艳非自王谢宅。
富贵不缘向阳坡，恬淡常依映月台。
遵律岂畏长安火，随遇甘为北邙埃。
休慕洛阳花下客，试看金陵苑中材。

2018 年 4 月 6 日

清明扫墓怀先人(和江兴诗)

细雨润鬓又清明，踏青扫墓半出城。
红樱有意蝶纷飞，黄花无言泪欲零。
往事依稀故园梦，轻烟袅绕血脉情。
音容宛在未曾远，碑前松冠已如亭。

2018 年 4 月 6 日

春游莫愁湖

紫藤花开古亭楼，飞絮轻扬往事悠。
一局棋枰豪气在，半湖烟雨悲情留。
韬略含胸慕胜棋，烦扰萦心思莫愁。
岁岁春风拂湖水，几多少年已白头。

2018 年 4 月 7 日

读张桂鑫先生诗集《闲吟人生》感怀

八十华章八十景，景随步换重晚晴。
湖光山色豪放意，秋菊夏荷淡泊心。
世态炎凉成飞絮，风雨沧桑化香茗。
未曾相识已聆诲，敬凭婵娟寄深情。

2018 年 4 月 12 日

闻湘氮同学四十年聚会感怀

别梦依稀望湘天，晓风忽惊四十年。
童颜真幻比新照，往事沉浮寻旧笺。
蓬絮飘泊为有粮，音讯杳然因无闲。
虽有公务身未至，微信如雁情已牵。

2018 年 4 月 14 日

春日杂感

山河荡春风，野径绿色浓。
身逐画廊行，心与诗境融。
不堪巫峡别，犹期武陵逢。
未去已惘然，流水伴落红。

2018 年 4 月 15 日

瞻仰雨花台

鲜花灼灼凉风轻，林荫浓浓融思情。
热血化作红旗飞，誓言自有后人行。
丁香犹开音尘绝，流水难断爱意凝，
心灵深为悲壮感，长廊未半泪满襟。

注：丁香，也是雨花台革命烈士的名字。其与阿乐的爱情故事感人至深。

2018 年 4 月 20 日

随××调研浦口不老村

山绵云常腾，水清田可耕。
月夜品茶境，曦晨听书声。
诗情咏尘心，乡愁萦梦魂。
昔日荒野地，今朝桃源村。

2018 年 4 月 20 日

遥思红旗渠

久闻红旗渠，誉满心辄趋。
程启屐履切，夏临清风徐。
源远水无恙，鬓皤情有余。
河山重安排，应可媲殷墟。

注：次日赴林州红旗渠干部学院学习，心有所感。

2018 年 4 月 21 日

赴红旗渠干部学院学习途中吟

春雨洗尘林州行，感悟重塑觅初心。
水到渠成十年功，泽润苗壮一世情。
鸡鸣三省红日出，龙穿千山清漳吟。
摆脱贫困路何在？当年豪言请再听。

注：重塑，指林县当年提出的“河山重安排”的规划。红旗渠处在三省交界之处，通过将近十年的艰苦修建，漳河水终于灌溉了林州大地。

2018 年 4 月 22 日

参观红旗渠纪念馆

洁白槐花吐芳香，山渠千里绕太行。
苦战十年血汗洒，泽被万世清波扬。
克难红旗指迷雾，攻坚党徽闪金光。
旱魃不知何处去，愚公留下新篇章。

2018 年 4 月 23 日

赴石板岩村途中闻鲁班劈山传说

峭壁千仞鹰见愁，槐花落水静不流。
今日犹思鲁班斧，劈开苍屏通九州。

2018 年 4 月 24 日

赴谷文昌故居现场教学感怀

一小简院三陋房，山楂花白吐芬芳。
埋骨何须桑梓地？四有在心忆文昌。

注："四有"即心中有党、心中有民、心中有责、心中有戒。

2018 年 4 月 24 日

参观红旗渠主干渠

碧水映丹涯，曲渠浮槐花。
页岩如史籍，册册放光华。

2018 年 4 月 25 日

参观红旗渠偶成

莫忆涸枯说旧话，但看引漳绕山涯。
渠水甘甜润千里，日光灿烂照万家。
岁月匆匆锤声远，精神闪闪足迹华。
风卷红旗满目翠，一丝清香是槐花。

2018 年 4 月 25 日

访林州庙荒村

香烟寥落庙亦荒，今留村名记凄遑。
百姓圆梦春风吹，漳水润林红旗扬。
磨盘痕灭岁月迟，农货质高网流忙。
欲觅槐荫读诗书，更见疏竹摇花窗。

2018 年 4 月 26 日

临别前夜漫步林州郊外

明月千里照太行,清风万顷送槐香。
草间鸣虫声依依,人未别离已惘然。

2018 年 4 月 26 日

惜别林州

将别林州天转晴,刺槐花开山风清。
睹渠心体艰难事,唱歌神驰激荡情。
听课一场塞顿开,观片几番泪欲零。
拂去风尘石迹在,红旗伴我圆梦行。

2018 年 4 月 27 日

回南京漫步即事

还是昨夜太行月,今宵轻柔照钟山。
大桥长渠两奇迹,自力更生共婵娟。

2018 年 4 月 27 日

暮郊望城

暮雨湿花香，路润灯影长。
榴花焰暗起，藤叶乐轻扬。
物在意悱恻，人去情栖遑。
森森楼林处，点点闪萤光。

2018 年 5 月 1 日

访江宁“乡伴苏家”

湖光潋滟白鹭飞，山色苍翠倦客回。
乡村风韵时欲亲，泥土气息久相违。
坡草香淡丽日迟，苏词意深珠帘垂。
炊烟茅舍常入梦，莫怅且凭茶一杯。

2018 年 5 月 8 日

金陵五月

五月晴空似夏光，行人齐迹趋荫凉。
自古金陵两季明，寒冷炎热无商量。

2018年5月13日

游二台洞公园

五月幕府满眼翠，林鸟穿梭杨絮飞。
低山近观似岧峣，恍从唐诗蜀梦回。

2018年5月13日

夜雨漫步郊外

雨弹花伞起清声，草塘蛙鸣时相闻。
春去风热有绿树，夜来路寂无行人。
未持悬冰壮胆气，思掬流水洗心尘。
高歌一曲谁言晚？几多愿景萦梦魂。

2018年5月18日

咏金陵

江山舞双龙，王气紫光中。
细雨润新草，皎月饰故宫。
不恨更代频，应怜探路功。
天涯海角处，犹有大明风。

2018 年 5 月 19 日

雨中游浦口侯冲河岸花海

烟雨浦口芳舟游，草绿水碧惊白鸥。
风送花香消尘倦，雨敲舷窗生乡愁。
九曲回廊古韵长，一幅画桥旧梦幽。
愿乞河边耕读地，清茶淡饭不羡侯。

2018 年 5 月 25 日

漫步江边感怀

遥望江流来苍茫，蜀水楚风汉韵长。
身居楼林目短浅，心随巨轮向海洋。

2018 年 5 月 26 日

乡　愁

旧梦飘忽忆当年，杨柳细雨春风闲。
草嫩水清映耕牛，村静稚欢起炊烟。
粗衣淡食日浅忧，绳床瓦灶夜深眠。
而今乡有常乡无，抱得愁心觅田园。

2018 年 5 月 27 日

后记

刘勰有言“夫心生而言立，言立而文明，自然之道也”。我自幼喜爱文学，美丽的自然风光，多彩的社会生活，感动着我的心灵，引发了无穷的遐想和思考，令我总有一种通过诗歌这种华丽而便捷的方式表达出来的冲动。于是，便尝试着在工作之余写写诗歌：一是表达自己的感慨和愿望；二是记录下难忘的时光和值得铭记的人和事；三是愉悦自己的心情，释放工作的压力。陈寅恪曾经说过，“小穷则以诗相勉，索居则以诗相慰，同处则以诗相娱”。尽管我从事的主要工作，无论是统计还是审计，是以抽象思维为主，似乎与诗歌这种形象思维相距甚远，但这恰恰是我通过写诗协调脑力的又一重要动因，这同时是“劳动号子”激发劳动潜力的一个个案诠释。诗集取名《晴空飞羽》，这是对全诗主题的诗意概括。在这纷繁的尘世中，人人都有一颗向往自由、回归自然之心。诗集以时间为轴线共分四个部分：第一部分“晴日晨风”，选编的是 1980—2000 年所创作的诗；在洒满阳光的大地，年轻的心如晨风飘逸回荡，有酸甜苦辣、惆怅迷茫，更有“晨风荡意气”的豪迈和激情。第二部分“空谷回音”，选编的是 2001 年 1 月—2013 年 12 月所创作的诗；岁月的流逝，在心灵上刻下印记，正如在空旷的山谷，一声呼唤引发的回声，萦绕耳际，思绪无穷。第三部分“飞絮轻扬”，选编的是 2014 年 1 月—2015 年 10 月所创作的诗；马克思说：“人的本质不是单个人所固有的抽象物，在其现实性上，它是一切社会关系的总和。”人生如风絮，随风飘荡，关键要有一个良好的心态，轻松而不自弃，飞扬而不沉沦，“但求无愧复兴梦，晚霞漫天不蹉跎”。第四部分“羽洁情真”，选编的是2015年11月—2018年5月所创作的诗；洁净的羽毛在风雨中洗礼、承载着岁月的沧桑，人贵有一颗羽洁之心和一份纯真之情。“一滴水也能折射出太阳的光辉。”我作为改革开放时期的一个普通公民，诗中深深地烙上了时代的印迹，反映了对我们伟大祖国取得巨大成就的喜悦和颂扬，反映了对祖国大好河山的热爱和感悟，反映了对我国悠久历史的深刻思考和怀想，反映了对茫茫人生的不懈探索和向往，反映了平凡人的亲情友情爱情和喜怒哀乐。古人说：“家有敝帚，享之千金”，在亲朋好友的鼓励下，我不揣谫陋，将拙作公之于世，这些“小我”能否表现出“大我”之情？是“无病呻吟”还是“风行水上自然成纹”？读者自有评价。也许读者阅后能引发一些回想，产生一些共鸣，那是我最大的期待。

感谢我的妻子连传慧和儿子王飞羽、儿媳朱丽艳对我的关心和大力支持，也祝愿我的孙女王欣蒝小朋友茁壮成长。感谢我的上级领导和朋友、作家张明先生为我作序并给予我的鼓励，感谢著名书法家桑作楷、陆正祥、李学珍、纪增龙等先生赠予的书法作品。感谢南京大学出版社范余老师的关心和为本书出版所付出的辛勤劳动。

数首小诗如羽轻，日积月累记真情。
世事沧桑烟云散，一卷编成慰我心。

王国钧

2018年6月